The Survival Game

眼睛像杯子的男孩

[英] 妮奇 · 辛娜（Nicky Singer）————著　王爽————译

CNS 湖南文艺出版社 HUNAN LITERATURE AND ART PUBLISHING HOUSE 博集天卷 CS-BOOKY

致汤姆·伯克

你第一个告诉我可能需要带枪去苏格兰。

1 男人和男孩

他们还没出现，我就听见了声响。旅行了一万多公里，当然要时刻留心前后的动静。

那声音不大。只是树枝折断的细微响动，而且是两根树枝。这里有很多树枝，上千根树枝，上千根被折断的树枝，整个山坡都是被风暴连根拔起的树。但是我听到了两根树枝折断的细微声音。准确来说，是我注意到了树枝折断后的那个停顿。

那一段沉默。

这说明有人在听自己的脚步声、呼吸声，在听自己胸腔里的气流声。我很清楚，因为我也要随时注意自己的脚步声，并且屏住自己胸腔里的呼吸。

我转了个身。

这也是学来的。最好直面一切，大部分事情都可以直接解决掉。要是解决不了，就把它们关进城堡。

对方是两个人，但不是士兵。不是士兵！只是一个男人和一个男孩。他们站在那儿，完全没打算藏起来。大概是太累了，来不及藏起来？我迅速地打量了他们一番。这些日子常常是以速度决定生死的。那孩子还小，大约五岁。必要的话我可以赤手空拳地杀死他，因此我打量起那个男人。

那人瘦且老——这不能说明任何问题，现在这种日子里，每个人都瘦。他穿得破破烂烂，衣服像我的一样，它们也许曾经很光鲜，但长途跋涉之后沾满脏物。那些脏东西卡在衣服的纤维里，在河里怎么洗也洗不掉。那个人和他的衣服完全是一样的颜色。泥巴的颜色。

那人弯下腰，仿佛扛着什么隐形的重物。我注意到他手掌布满青筋，光着腿，也没穿鞋。想要活命的话一定要保管好自己的鞋。虽然这个人弯了腰，眼睛却向上看着。他透过泥巴色的眼睑注视着我。

我从腰带上拔出枪指着他。这是一把左轮手枪。我是在希思罗机场拘留中心发生的暴乱中弄到这把枪的，那是二十一天前的事，在距此五百公里的地方。

我现在离家很近了，绝不能停下来。

家。

枪里没子弹，我很清楚，但是那边的一大一小两个人却不知道。他们聪明的话肯定会认为这把枪里有子弹。我总是认为带枪的人都有子弹。

“不许动。”我说。

不许动是个好词，完美无缺的词。很多国家的人听不懂“停下”，却明白“不许动”。大概是因为士兵都说不许动吧。不许动。不许动。不许动。不许动！举起手来。

那人不动了。他举起手。实际上只举了一只手，另一只手搂着那孩子。

我用枪口指了指那孩子，眼神也随着枪动。我看着他。他也是又黑又瘦，可能比那个大人还黑，眼睛像杯子一样。

眼睛像杯子。

这句话忽然以我爸爸的声音冒了出来。这是苏丹民间故事里的一句话，我们住在喀土穆的时候他给我读过这个故事。当时还没有沙漠，没有士兵，没有城堡。

爸爸说："记住，不管发生什么事，世界都是美丽的。"

是的，爸爸。

这孩子是美丽的。虽然饥肠辘辘，但是他稚嫩的皮肤依然柔软。他头是杏仁形，嘴巴像深色的玫瑰花瓣，鼻子上有一块晒斑，那杯子一般深的眼睛空无一物。

"放开那孩子。"我说。

那人立刻放开了孩子，另一只手也举到空中。很好，说明他懂英语。要是只能用手语沟通的话，事情就很麻烦。还有一点很好的是，我是女孩，有些人总觉得自己能打赢女孩。

"分开。"我把枪左右晃了晃，示意他们两个之间必须有些空隙。那人离开男孩一步左右，孩子则依然站在原地。他既没动，也不想缩短他们之间的距离。正像我让老人放手时他没动一样，此时他也没去抓那个人，没有哭喊，没有发出任何声音。

"很好，"我说，"很好。"然后我又说："文件。"

2 文件

每个人都有文件。

Passport. Passeport! Passaporto. Baasaboorka. جواز سفر. Pass. Halt. Pass. Halt. HALT. Visa. Fisa! Viza. Visum. Visa. Visa. تأشيرة.[①]

我的文件上写的是“世界公民”。

爸爸说：“世界公民是个很美好的想法。”

祖母说：“可惜有点不切实际。”

世界公民的护照有很多页，有些页面上的内容相当吓人。

第一页完全属实——我这本护照上写的都是实话。

姓名：梅丽·安妮·贝恩。

① 这两行涉及不同语种的“护照”和“签证”，其中，passport、passeport、passaporto、baasaboorka和جواز سفر分别为英语、法语、意大利语、索马里语和阿拉伯语，意为“护照”；visa、fisa、viza、visum和تأشيرة分别为英语、威尔士语、克罗地亚语、德语和阿拉伯语，意为“签证”。——编者注，下同。

简写M.A.B.，朋友们叫我马布。只是我现在没有朋友了。朋友属于从前。

还有一张我的照片，当然，只有头部。我皮肤很白，洗得干干净净，黑头发也梳得整整齐齐，蓝眼睛里闪着光。这张照片也属于从前。我不知道自己现在什么样，肯定和照片不一样就是了。

年龄：十四。

这个很重要。十四岁很安全。所以很多人都怀疑我的年龄，尤其是边界那些人。

“你看起来不像十四岁。”他们说。

也对啊。当你走了一千公里的时候，身体就会发生变化。脸会变，整个人都会变。

“我们认为你已经十五岁了，”他们说，“甚至十六岁。”

十五岁是合法年龄。到了十五岁，你可以把人生中的一小部分送给别人。一年、两年或十年。你可以送给别人。你可以承诺死去，在你到了七十四岁被别人杀死之前提前结束生命。现在我知道这个星球上人太多了。我不笨，我知道地球太热了，大家都在迁移。迁移，不停地迁移。往北迁移。我知道往北很难走，但重要的是：我想活下去。

妈妈说：“梅丽，你必须活下去。答应我，不管发生什么事，你都必须活下去。”

好的，妈妈。

官员说：“没有人强迫你，全凭个人选择。在赤道中心区域，主动权在地球。它用高温、干旱、饥荒和战争杀死人类。但是在北方，主动权在我们。这就是文明。”

出生地：苏格兰阿伦岛。

我本来不会出生在阿伦岛。我本来是要出生在格拉斯哥，当时我父母住在那儿。不过他们每年都会去拜访我的祖母，她住在阿伦岛上，而我恰好早产。我出生时体重只有一点七千克。完全算不上强壮。但那也是从前的事情了。

护照接下来四页的标题都是“世界公民：信用”。这几页上什么也没写，但是在我满十五岁之前，我得在上面填些东西，一些可以证明我是个什么样的人的东西，一些我可以给社会奉献什么的东西。这些东西（如果能盖章认证的话）说不定可以救我的命。

护照的最后几页上写着“世界公民：借记”。一共有六页，也可以填东西，但不是由我来写。这几页上盖着“官方填写”章。如果我要在上面填些内容，那多半是：杀人犯。

然后我可能还得补充：杀人犯。

因为迄今为止，我杀了两次人。

3 跌倒

我说“文件”的时候，发生了这样一件事：那人突然跌倒了。

跌倒之前他晃了几下，因为胳膊还在空中，看起来就像跳舞一样。他向右晃了晃，又向左晃了晃，身体呈现出S形。然后他突然开始挥舞胳膊，仿佛意识到事情不对劲，想要抓住什么东西。挣扎着扑腾了一会儿，他双腿终于支撑不住，一声不响地倒在地上。

我依然拿枪指着他。

不过枪里没有子弹，所以他的死亡——如果真的死了的话——不该算在我头上。如果他只是晕倒，那也不是我害的。饥饿会让人晕倒。疲惫也会让人晕倒。人不会因为被要求出示文件就晕倒。如果仅仅被要求出示文件就会晕倒，那么马路上、检查亭里以及边界线上到处都是晕倒的人。

但我还是要小心，他可能有什么阴谋诡计。这也不奇怪。我看着那个男孩，他没反应——一直都没反应。也许他之前见过这个诡计？那人现在一动不动，他身上唯一动着的东西就是被风吹起的破外套。

我对那男孩说："踢他。"

男孩盯着我。

他的眼睛像杯子一样。

"踢他！"我边喊边用右脚做出踢的动作。

男孩踢了那个人，不过只是很轻地踢了踢他的小腿。

"用力！"

男孩狠狠地踢了他一脚，踢得很用力。

这孩子的城堡里肯定有不少东西，我想。

4 城堡

只有一个办法可以安全地保存东西。

放在城堡里。

城堡有很多门、很多墙，还有很多花园。墙和花园排列成同心圆状。准确地说，共有二十七个同心圆。二十七是个幸运数字。有些花园非常漂亮，里面种着鲜花。

爸爸说："花时间照顾花，仔细观察就会发现，它们非常美妙，是有色彩的数学。"

这也是从最外面的花园走到最里面的花园要花很长时间的原因之一，因为会停下来看花。有些美丽的花是有刺的，比如第十六个花园里的金雀花。金雀花十分花哨，黄得令人目眩，闻起来有股椰子味。我总会停下来去看那些花。我把它们视为我的童年之花，它们黄色的花瓣总比环绕在周围的绿色尖刺短一点。

那么多门也减慢了前进速度。环形墙上有朝向各个方向的门，门的位置总在变。你永远不可能在同一个位置找到门。这就意味着要花很多时间去找门，不过你只要沿着墙走就可以了。然后还有锁。虹膜扫描或者声音识别打不开门上的锁，指纹、密码或卡片式钥匙也不行。不行。这些锁倒是有用铁制成的钥匙。这种钥匙也是以前的东西，是爸爸的故事书里写的东西。但是进入城堡的过程依然很长，因为你可能没有钥匙，或者可能弄丢了钥匙，所以有些时候你打算进入城堡，却进不去。这倒是个好事。

要是你到了城堡，就会发现那是一座真实的塔。一座石头砌成的高塔。塔的周围没有花园，它凄凉又阴暗，只有一扇门，用三把老式锁头锁着。匹配锁头的是三把很特别的铁钥匙，但只有两把能用。第三把钥匙很麻烦，它很难转动，硬是要转的话，它就会尖叫，然后你就不会再试了。这也是为了提醒你，如果真的开门的话，尖叫声会更大。

这些都是为了阻止别人去看城堡里的东西而设置的障碍。把东西送进城堡就简单多了，你只需要说“城堡”，然后你脑子里那些不可思议的事情就会飞出来，扑通一声，像石头落入平静的池塘一样直接掉进塔里。那一圈圈的涟漪瞬间变为石墙，尖叫声也就停止了，至少是暂时停止。

5 两个人的死亡

男孩狠狠踢的时候，那人的腿前后动了动，裤子的布料钩在断了的树枝上。树枝紧紧地钩住布料，过了片刻，那人的腿落地了，布料发出轻微的撕裂声。腿不动了。他完全没有把树枝从裤子上解下来的意思。

我已经开始注意到生活中的一些小事情，还有一些大事情。小事情很有用。今天它们告诉我，晕倒并不是阴谋诡计。

我一边用枪指着他一边走上前（小心驶得万年船），凑近去看他的眼睛。他的眼睛往上翻，露出了眼白。我走近之后才发现，他外套上胸那儿的污渍看起来像是干掉的血迹。

我放下枪。

那个男孩刚才一直盯着我，现在他坐了下来，像小狗蹲坐在主人身边一样。而且是一只忠诚的狗，认为只要等一会儿，主人就会醒过来继续前进了。

也许之前就发生过这种事，但是今天不会再发生了。

我弯下腰检查了那人的衣服口袋，先检查了裤子口袋，然后是外套口袋。什么都没有。我还掀开他的外套检查了内袋。由于衣服上沾了血，检查内袋很麻烦。血把衬衣粘在他胸口上，又把衬衣和外套粘在一起。那些血说干又不太干，所以我把衣服一层层掀开的时候并没有散发出血腥味。有些人会把钱和珠宝缝在衣服里，但这个人没有。他几乎一无所有。

比如：

没有水壶。

没有任何食物。

没有刀。

没有打火石。

没有文件。

也许他是为了保护自己的文件才落下胸口上的这道伤口。总有人想抢别人的文件，因为所有文件，任何一种文件——哪怕是假的文件——也比没有文件好。一个人没有文件基本上就死定了。

但这人有一样东西：一部手机。

这不是磁感应手机，也不是太阳能手机，而是一部老式智能手机。是需要用电源线连接固定电源的那种。是不值得去偷的那种。是你深知在远行途中不必携带的累赘物品。是需要扔了的东西。但据我所知，这个人并不是第一个不愿扔掉智能手机的人。老年人似乎都坚信，有朝一日他们总能找到电源，重新看到手机里心爱之人的照片，或者说是曾经心爱之人的照片。

“他死了，”我对那孩子说，“不会再站起来了。”

那孩子看着我。

我忽然意识到，这不是一个人的死亡，而是两个人的，因为这男孩不能跟我一起。不，肯定不能。十岁的穆罕默德曾经犯了这个错误，结果很不幸。一切都终结在了城堡。

但是如果独自上路的话，这孩子顶多只能再活几天。

6 埋葬

关于那个死去的人，还有一个问题。

耗费力气埋葬他并不明智，但我也不能就把他留在原地，不能让他躺在我打算过夜的山坡上。这片山坡位置不错。被风暴连根拔起的树木形成一道屏障，山脚下还有一条淡水河。我打算躲在最大的一棵倒掉的树下面，这样周围的景物可以尽收眼底，我能看到周围，但又不会被发现。这点非常重要，因为我昨晚听见了无人机的声音。那个声音十分独特。在苏丹，我们把它叫作“mohars”——蚊子，因为它不停地发出低沉的嗡嗡声。也许我应该心存感激才对，因为到目前为止，我只听见了无人侦察机的声音，还没听见携带枪支或者炸弹的飞机的声音。那些飞机更大，听起来就不是蚊子的声音了。它们发出尖锐的呼啸声，就像圆锯在切割金属。有时候我会想，远程杀人是一种怎样的感觉。人们不过是坐在控制中心安全舒适的座椅上，轻松地按个按钮而已，就像从前的电子游戏一样。我觉得那绝对和亲手杀人不一样。

你听不见对方尖叫、挣扎。

你听不见对方临死前呼呼的喘气声。

你不必埋葬尸体。

爸爸说过："只有人类才会埋葬死者。"

我们为什么这么做呢，爸爸？我不记得你的解释了。为什么不让大自然处理尸体就好？

在沙漠里，当你坐下来休息的时候，秃鹫也会停在你身旁。这说明秃鹫是很聪明的鸟。它们习惯在沙子里找尸体，也知道人迟早会变成尸体。尽管它们对我成为尸体的时间判断不准确，对另一个东西却判断准确——城堡。

我觉得秃鹫不会到英格兰北部来，但是这里有乌鸦，还有野狗。爸爸说："这个星球上的动物每年都会减少很多。"可野狗却不见减少。野狗只会增加。而且野狗和人一样，都很饿。你藏在山上时，最不想遇到的就是狗群。

有一个解决办法是我吃了那人。一想到在小堆篝火上烤肉我就流口水。我有刀也有枪，很容易切下小块的肉来烤。再说了，对这个人而言，究竟是通过我回归尘土，通过狗回归尘土，还是通过乌鸦回归尘土，都无所谓，甚至通过那个男孩也没关系。不过那孩子可能不愿意吃掉同伴的肉，但那是他的事情。如今每个人都要为自己做出选择。

在今晚生火可能不太明智。烟雾会暴露你的位置，不光是会被无人机发现，还会被觊觎你食物或文件的人发现。我还有一些两天前偷来的奶酪和一小块面包，这具尸体还是当作诱饵好了。把它放在我藏身之处的下风处，万一有狗的话，它们就会吃尸体，而不会来袭击我。

我不能直接把那个人滚下山坡，因为他会被倒下的树木卡住。必须把他抬起来拖下去才行。我弄湿手指试了试风向，然后解开他被树枝缠住的裤腿，从腋窝处抓住他。

我又拖又拽地把他从树枝上拖过去。尽管我很小心，他还是又被卡住了。这次树枝把他的裤腿从膝盖一下扯到脚踝。那孩子留在山顶上，看着他的同伴被跌跌撞撞、磕磕绊绊地拖下去。他没跟过来，没帮忙，没阻止。

他也没哭。

爸爸说："只有人类才哭。"

在沙漠里，缺水让你不能哭。你的身体十分干渴，嘴里没有唾液，眼睛里也没有泪水。

也许那孩子留了些水准备在沙漠里用。

我当然是备着的。

7 沉默

我把尸体放在溪流旁，但没有让他靠得特别近，免得他滚进河里污染了水。干净的水非常珍贵。在边界这边，山上的溪流叫作小河。而在另一边则叫小溪。这是另外一个看似微小，但绝不微小的事情。等我遇到第一条小溪时，就到苏格兰了。

我把水壶装满水。这个锡制的水壶有个可以拧开的盖子，我得拼尽全力去保护这个水壶。只要附近有水，我就会把壶灌满。在英格兰这个地区，水往往从泥炭堆积的山上流下来，所以看起来是褐色的。但捧在手里看的话却是清澈的，清凉透明又甘甜。我觉得自己永远都习惯不了水的奇迹。我用手捧起水喝了几口——虽然现在我不渴。

干渴是无法忘却的。

然后我回到山上，那孩子正坐在最大的那棵倒掉的树下面的三角形空间里看着我。那是我的树。我本想在那棵被风暴连根拔起的树下过夜来着。在全球气温升高的环境下，北方受到的惩罚之一就是风暴。

但风暴总会过去，不像赤道中心的炎热那样永远持续。将这棵大树连根拔起的风暴一定非常猛烈。它躺在山坡上，仿佛一个巨大的蘑菇，树干是蘑菇柄，翻出地面的根部和根上的土壤所组成的大圆就是菌伞。

等走近之后，我发现那孩子已经把树下的地面清理干净了：大小树枝都被捡走，地面平整。显然，他不是第一次在野外寻找庇护所。我觉得（但不是很确定）他可能连地上的石头都捡走了。

我的地盘现在成了他的地盘。

只不过面积变小了些，成了只能容纳一个男孩的空间。

从前，我肯定会笑。

我跪下来准备清理出一个大一些的地方。我把大树枝挪走，用小树枝清扫地面，检查有没有石头，那孩子一直看着我。如果你想睡个好觉，就必须把石头都清理掉，小石子也不能留下。深夜里，小石子似乎也会让人感觉很大，所以必须清理掉。

我们两个似乎要一起过夜了。倒也没什么，反正很快就到明天了。然后我就走，走得比他快。

最后我坐下来打开食物包袱。包袱布曾经是白的，现在变成了灰色。跟面包放在一起的奶酪有点碎，闻起来臭臭的。我吓了一跳，但很快就意识到不是奶酪臭，而是那个男孩。我闻了一下，那孩子浑身酸臭，没洗过澡，有股鱼腥味、尿味、汗味，以及霉味的混合气味。我觉得我闻起来很可能也是这个味道。

那孩子看着我的面包。

他看着我的奶酪。

但这孩子和我无关，明天我就会丢下他走掉。他跟不上我，就算跟上了，也过不了边界。他不会抵达安全地带。跟过不了边界的人分享资源是很愚蠢的。

我吃了一点面包，很小的一点，然后吃了一点奶酪。

那孩子看着我的嘴，他看着我咀嚼。

但他没说话。

“你叫什么名字？”我问。

沉默。

我还可以问别的问题：你要去哪儿？你从哪里来？你遇到过什么事？

这些问题都没用。每个人都在北上，每个人都是从赤道中心而来，每个人都遇到过艰难的事情。我们刚上路的时候，大家总问这些问题，现在没人问了。自己的生活已经非常艰难，自己的苦闷也已经够受的了。

“我叫梅丽，”我说着指了指自己，“梅丽。”我重复道。我很惊讶自己居然自我介绍了。如果你开始自我介绍，就说明你要与别人建立关系，我并不想和这个男孩建立关系。我之前对穆罕默德犯过这个错误。不过老实说，我并没有向穆罕默德介绍自己。他就刚好在那里，是我父母的司机的儿子。认识某人和照顾某人之间是有差别的，就好比我和穆罕默德一样。我年龄大一些，十四岁，他十岁。我并不打算重复犯错。

那个男孩还是一言不发。

他眼睛里也没有泄露任何情绪。

我想起一件事。

“张嘴。”我说。

他张开嘴。我看见了他的舌头，小小的，淡粉色。“把你的舌头伸出来。”我说。

他伸出舌头。

“好，可以了。”在沙漠里，人们说士兵有时候会割掉小孩的舌头。我没亲眼见过，也不知道是不是真的。目前的事实是，这孩子并不是因为生理原因不说话。只要他想，肯定就可以说话。所以他只是不愿意说而已。

那孩子还伸着舌头。

我把一小片奶酪放在他舌头上，然后把剩下的食物包好。

8 梦

那个男孩没有去嚼奶酪，他只是吮吸着。嘴巴、下颌、两腮一起动起来吮吸奶酪，仿佛这片奶酪比我了解的大得多，很难咽下去似的。他吃完了之后，把手伸进短裤口袋里掏出一块卵石。卵石是圆形的，灰色，只有我拇指一半大，是那种被水冲得很圆滑的卵石。男孩把石头塞进嘴里，好像是在吃糖，他最后看了我一眼，然后躺下，蜷成一团（背对着我）睡着了。

就是那样。

我曾想，如果你很累很累，就可以在任何地方睡着。那时候我还不知道寒冷、饥饿和梦。

我一直以为寒冷是外部的东西。我不知道寒冷怎么能够进入你的牙齿，也不知道它为什么可以冻得你肾脏发抖。我不知道风怎么会抽打你的脖子，也不知道它为什么可以狠狠地吹到你的指甲里面去，就像钻进了你的皮肤里。我是在沙漠的夜晚体会到这些的。我还知道，就算你蜷成一团，手紧紧夹在腋下，也还是睡不着。片刻都睡不着。和疼痛不同的是，你知道寒冷不会消失。它消失不了，至少不到早上是消失不了的。当然，今晚没那么痛苦。只是英格兰北部一个普通的夜晚而已。五月的夜晚。有点湿冷。既有从地里冒出来的湿气，也有空气中的湿气。潮湿是必须习惯的东西之一。

至于饥饿，首先只是肚子疼，一阵一阵的剧痛。再过一段时间，那种啃啮般的疼痛变成持续的痛苦，痛感也越发尖锐，饥饿就像用小刀割你一样，慢慢把你掏空。掏空！掏空！你的肚子在尖叫，然后脑子参与了进来，也开始疼。不过，今天晚上我不饿。一方面是因为我的胃收缩了，另一方面是因为我的包袱里还有吃的。还有吃的这一事实让我的脑子觉得饱，觉得平静，让我坚信自己至少不会在今天饿死。

但是梦。

梦啊。

梦毫无预兆地出现了。

梦穿过了城堡的锁。

梦穿透了石墙。

梦找到了开启塔楼最后一重锁头的钥匙。

每天晚上我都和梦搏斗，有时候梦甚至让我不敢入睡。

当然，我也有对策。

其中一个办法是集中精神。今天晚上我也要集中精神。

我弯下腰，仔仔细细地盯着那男孩的脸。

哦，爸爸。

那孩子睡着后更显美丽。在昏暗的光线下，他的面孔很柔软，很平静，甚至他那如深色玫瑰花瓣一般的嘴唇上还挂着一丝微笑。他的头发是最近剃的，我可以看到他那坚硬又脆弱的头骨。没有人会在远行途中给小孩剃头，除非是出于其他原因带了剃刀。我想，那个老人一定很爱这个孩子，至少是很关心他，直到发生了意外。当那孩子含着石头呼吸的时候，他的脸颊微微凹下去。他不完全是非洲人，但也不是阿拉伯人，也许是柏柏尔人。爸爸说柏柏尔人分布在北非各地，摩洛哥、阿尔及利亚、突尼斯、利比亚、埃及，西非的马里、尼日尔和毛里塔尼亚也有。

爸爸说："柏柏尔人自称'I-Mazigh-en'，意思是高贵、自由的人。是罗马人首先把他们叫作'柏柏尔'的，从'barbarus'这个词变化而来，野蛮人的意思。"

爸爸说起这件事还是去年的时候。

妈妈说："你怎么不教点有用的东西？"

"谁知道现在究竟哪些东西才算有用？"爸爸回答。

我走神了。我的思绪从那孩子身上飘向了爸爸妈妈。但现在是晚上，晚上我总会想起爸爸妈妈。

艾琳祖母（爸爸的妈妈）说："我真不懂你爸妈为什么结婚。他们不是一类人。"

没错。妈妈是工程师，而爸爸——爸爸就是爸爸。但这话也不对，他们都热爱研究，只是研究的领域不同。

因为妈妈的原因，我们去了喀土穆。

妈妈说："阳光灿烂！满是能量！我们有原理，而他们有原料。这片沙漠可以为全世界提供能量！"

那是妈妈的梦想。梦想是会崩塌的。

祖母说："哈！卡特里奥娜，你觉得当你让沙漠开出花的时候，苏丹人会感谢你吗？会和全世界分享吗？"

妈妈说："我们是气候的债务人，他们是气候的债权人。很公平。”

爸爸说：“妈妈，你要相信人性之善。”

祖母说：“哼，祝你们好运。”然后她盯着自己的儿子补充道：“你妻子为了全人类的利益想利用沙漠的能量，你要去做什么？”

爸爸回答：“我要把女儿养大。”

“还有呢？”祖母问。

“这还不够吗？”爸爸说。

祖母等着他继续说。

于是爸爸又说：“我就看着。”

“看？”祖母重复这个词，“看什么？”

“看所有的事情，”爸爸说，“我要去看这个世界上的所有奇迹。”

今天晚上我就是想着这些事情入睡的。我裹着那条熟悉的旧毯子以减轻恐惧。躺下睡觉的时候，你要闭上眼睛，但耳朵却永远不会睡觉。你的耳朵会一直醒着。听得见狗吠、乌鸦叫、树枝摇晃，以及无人机飞过，同时也听得见你所爱的人的声音。那些声音无须电缆就能传到耳中。那些声音总是会来的。

我躺在地上，眼睛闭着，耳朵却很警醒。伴着那些声音，我还听见了河水轻轻流过的声音，风吹过枯树上的干叶子的声音，以及那个男孩呼吸的声音。他浅浅地呼吸着，偶尔无声吞咽一下。

我不由得记起躺在我身旁的最后两个人。第一个是十岁的穆罕默德。我不了解他，刚开始的时候一点也不了解。他只是我妈妈的司机的儿子。我不必了解他，但是有一次我们两个在沙漠里迷路了——是啊，他很健谈，是个话痨，没话也要找话说，努力找话说，但是晚上却不说话了。他安静地躺在我旁边（靠近一些比较安全），一动不动，仿佛成了木头。

第二个是那个男人。那个陌生人。没有名字的陌生人。在麦罗埃的沙漠里，他把他的生命嵌入了我的生命。

那人抽着烟，疯疯癫癫地进入了我和穆罕默德藏身的坟墓。那人并没有一动不动地躺着。那个时候我知道了，不光是国家之间有边界，人和人之间也有边界。

9 砖

爸爸说："观察可以改变事物。"

他用一枚硬币向我演示。

"看这里，"爸爸说，他给我看硬币那圆而扁平的一面，有国王头像的一面，"很容易就能看清楚这个东西吧。它是枚硬币！这是肯定的，但是看这边，"他把硬币翻了个面，它看起来像是一个刻了花纹的银片，"不是很容易看明白了吧？梅丽，你要记住，很多时候事物都是不带标签的。"

我记得。

我还记得我们在古墓里找到的那块砖，那个晚上，在麦罗埃的沙漠里，穆罕默德和我就躲在那座古墓里。

那个陌生人来了的晚上。

那是一块土砖。土砖是用泥巴做成，然后在太阳底下晒干的，跟国内常用的砖不一样。土砖很美丽，上面还留着人手的痕迹。我曾经也做过一块土砖。和穆罕默德的爸爸的朋友们一起蹲在泥巴里，大家边说笑边干活。他们教我怎么用三片壁脚板和一块旧露营标牌做成小盒子。他们还教我如何混合泥土和稻草，并用破铜壶里倒出的水浸湿它们。他们用一条末端是球形的床腿帮我把泥土压实。然后就做好了一块砖。很结实的砖。

在沙漠的古墓里找到的那块砖也很结实。早上天亮了时，我仔细观察那块砖。它很粗糙，但是非常好看。凹凸不平，有所磨损，好像一颗小小的红色星球的表面。嵌着石子的地方显得粗糙不平，而嵌着稻草的地方却非常光滑。砖上还有一个指纹，就在一角上。一定是做砖的人没等砖在太阳底下干透就把它从木头架子上取下来了。

没错，那天早上我花了很长时间去观察、研究那块砖，仔仔细细地检查了一遍。我特别注意到在有指纹的那个角上，砖的颜色更偏向深红棕色。那是干掉的血的颜色。但是这砖看起来不像杀人凶器。

不，一点也不像。

它看起来就是一块砖。今天晚上我反复回忆着这段记忆。

不是沾满鲜血的杀人凶器。

肯定不是。

只是一块美丽的土砖，带点干掉的红色。

我睡了。

终于睡了。

今天晚上，城堡里的所有门都锁着。

10 泪水

我一般都是在日出时醒来，但今天醒晚了。我全身僵硬，整个人湿乎乎的。我努力坐起来，发现那个男孩已经起床了。他盘腿坐着，正喝着我水壶里的水。

不经允许，任何人都不可以喝我水壶里的水。

谁都不行。

我一把抓向水壶，即使还揉着眼睛，适应着光线，想看得清楚一些。锡制的水壶碰着男孩的牙齿咔嗒响了一声，但他握紧水壶，越过金属壶边对上我睡眼惺忪的目光。

“给我，”我说，“马上。”

他松手了，但是松得太快——我还来不及稳稳地抓住水壶，它从我们之间蹦了出去，水从瓶颈喷涌而出，在地上形成了一块深色的水痕，很快就渗了进去。

水没了。

我立刻站起来。他很矮，我比他高很多。

“绝对不准再喝我的水。”我一边大喊一边重重地打他的脸和头。

男孩伸手捂住被打的脸颊，惊慌地抬起头。

“你是有多蠢？”我喊道，“你什么都不懂！”

我气得暴跳如雷，直吐口水。我觉得怒气在我的血管里奔腾。并不是因为他不经允许就喝了我的水，不是的，完全不是。重点在于水。水流进了土里。水——没了。

我想起还在沙漠里的时候，有一天我不得不蹲在沙子里收集自己的尿。因为那里没有能喝的东西，只能喝自己带苦味的尿。

“水，”我尖叫着，“去打水！”我拿起水壶朝他丢过去，同时指着溪流，那里有很多加仑[①]，很多加仑，很多加仑的清水。

男孩站起来——一言不发，畏畏缩缩——往山下的溪水边走去。我看着他绕过大大小小的树枝。

我看着他跪在小河边，从容不迫地将水壶放入水中，确保壶中装满了水。当他拧紧壶盖的时候，我看到他的手腕在转动。

我的心跳平复了一点。

那孩子站起来准备上山时，忽然看到了同伴的尸体。快速瞄了我一眼之后，他往另一个方向走去。

他离我而去，走向那具尸体。只是几米远而已。他停下脚步，看了一会儿，跪了下来。

我走下山坡。

我走得很快。我走路一向很快。

我走到那男孩身边的时候，他依然跪着，贴近那人的头。

---

① 1英加仑约合4.55升。

那人的眼睛好像杯子。

红色的杯子。

狗没来，乌鸦却来了。一夜之间，乌鸦吃掉了他的眼睛。

那孩子跪在那人的头边，把清水倒进他空空的眼眶里。很多水，多到水壶里的水都用光，多到水漫了出来。

虽然男孩没哭，那个人却仿佛在哭。

他哭出一条红色的泪河。

我从男孩手中拿过水壶，然后拉起他的手。

“来，”我拉他站了起来，“该走了。”

11 人

我把水壶装满了水后朝山上走去。那个男孩跌跌撞撞地跟在我后面，他的小腿在倒下的树上剐了一下，不过还是没有停下。

我到达山顶之后才停了一会儿。我们又要度过一天，要在铅灰色的天空下走四十公里起伏的山路。鲜有住户，没有动物，只有一条路。英格兰北部有很多小村镇。这很好。村镇里的人会保护自己的东西：

——他们的食物；

——他们的人身安全；

——他们的纳米网；

——他们鲜活的生命。

这并不奇怪。

我们左手那条路是向西的路，前方很远处有一大群蚂蚁似的人。大概一百人，或者两百人，也可能是三百人。他们挤成一团，缓慢地向北前进。我也曾加入过那样的队伍，遇到过同伴，也遇到过危险。离开队伍之后又回去，遇到了我以为再也不会遇见的人，并且像兄弟一样问好，因为我就把他们当作兄弟。但现在不是加入队伍的时候。我们离边界太近了。从这个地方我就能听见无人侦察机的声音。我们最好单独行动，或者说我最好单独行动。

我看着那孩子，他看着蚂蚁般的人群。很可能那群蚂蚁中有他认识的人。不单是他在路上遇到的人，还有他故乡的人。他真正的朋友，真正的家人。

“你可以追上那些人。”我说。

这是假话。就算他知道路，他们也离得太远了。

“我要走这边。”我指指东北方。

男孩看着那群蚂蚁，然后转向我。他笑了。更确切地说，他咧嘴笑了，顽皮又灿烂的笑容，仿佛我讲了个笑话似的。

已经很久没有人对我笑过了。我看见了他的牙齿，有一颗门牙掉了一小块。

“你脑子不好使吗？”我问。

别人之前也这样问过我。在阿伦岛的时候，他们在背后这么说我。村里的人跟我祖母说：“你孙女真的没事吗？就是……她是不是脑子不好使？”

“其实是太聪明了吧。”祖母说。

爸爸说：“有时候别人说你傻，只是因为你的思路和他们不一样，你做的事情也和他们不一样。”

我不知道这孩子是怎么想的，其实我连自己的想法都不太明白。我只知道自己能看到什么。我能看见他的牙齿。我对他的牙齿很感兴趣，因为我也有一颗门牙掉了一小块。只不过我的是颗成人牙齿，而那孩子的只是一颗乳牙。

我也笑了，多半只是做了个鬼脸。我的笑肌已经很久没有用过了。

他指指我的牙，又指指自己的牙，然后就笑了。

哈哈哈哈哈哈。

这笑声很奇怪，却很有感染力。我也笑了。

“这是怎么回事？”我问，“你的牙？”

他从兜里掏出那块石头，模仿咀嚼和啃啮的动作。

哈哈哈哈哈。

“我在沙漠里的时候用砖头砸了一个人的头，然后把牙给弄掉了。”我大笑着说。

哈哈哈哈。

12 远行的方向

我们笑了很久，然后我说：“好了，闭嘴。我要集中精神。”

那孩子立刻闭了嘴。我不禁想到了穆罕默德。穆罕默德是我父母的司机的儿子。穆罕默德从不闭嘴。穆罕默德会讲关于驴子的笑话，还会吹嘘他的西瓜籽发芽的事情。也许穆罕默德知道自己没多少时间了。他只有很短的时间说自己想说的话，做自己想做的事。

我在一片沉默中开始规划地图。我研究整片区域，记住每个山丘的形状，留意每个独特峭壁的样子。我根据树的形状计划路线，在脑海中记住灌木丛、一棵棵大树和一片片茂密的森林。我记录了角度，算好了距离，试图在脑海中画出一幅地图，这样我回去的时候，如果地形有变化也能做个参考。我在沙漠里走过一座座山丘的时候就是这么做的，但当时这样做很不明智。沙丘会随着风的方向改变形状。

我之所以要记住地形，是因为我不打算走大路。如果你有穿越边界所需的文件，只要出示一下，就能平安无事地越过边界。

但我发现事实并不总是如此。在希思罗的时候，我滞留了四个月等“批准”。那次经历很不愉快，因此我不走大路。大路通往检查亭，会被拘留，被质问，谁也不相信谁。

而且还有士兵。

所以我决定试着走山地和田野穿过边界。如果没有被抓住的话，我就可以很快回家。如果被抓住了……嗯，爸爸，我有枪，有刀，还有我的头脑。

要躲开大路的话就必须走东北方，不能走正北方。

爸爸说：“你往北走的时候，那颗行星与你同行，它总是为你指明方向。”这是他通过观察发现的东西。

“看，梅丽，”他在中午时分说，“看那些阴影，中午的时候影子最短。如果你中午时将一根棍子插进土地里，影子顶部是指向北方的，影子底部指向南方。”我六岁的时候他在阿伦岛上给我演示过，后来我们在喀土穆又试验了一次。

“看，梅丽，”爸爸指着树上的青苔说，“这种铁锈色的青苔不喜欢光，它只生长在朝北的树上。如果阳光不足且你离树林很近，就去找铁锈色的青苔。”他在位于科里的祖母家的屋后给我看过，那是我十二岁的那年夏天我们回阿伦岛的时候。

晚上的时候爸爸说：“梅丽，看那些星星。找到北斗七星，就是组成汤勺形状的七颗星星。汤勺手柄对面的星星就是北极星，它永远位于北方。”我不记得在苏格兰或苏丹的时候，他有没有给我指过这种星星。可能是因为我只记得他补充了一句：“苏丹和苏格兰看起来相隔万里，但是它们都在北半球的天空下，因此有着相同的星空。”

但现在我正朝着东北方出发，因此那颗行星并不与我同行。如果我越过了边界，就要重新往西走。准确来说，是往西北方向走。阿伦岛就在西北边。祖母在那里。

祖母说："回家吧，现在就回家！"

那是一年前的事情了。

祖母说："太多人都朝北走，他们关闭了所有的边界。要是他们关闭了英格兰和苏格兰之间的边界，我也不会奇怪。"

妈妈说："别傻了，我们是苏格兰人。我们生在这里。就算他们封锁了边界，我们也可以随时回来。"

"可别想得太美了，"祖母说，"规则随时都在变。现在就回来吧。"

但是我们没去。

妈妈还有工作要做。她和她在苏丹的同事马上就可以启动沙漠太阳能了。

"你没看到吗？"妈妈说，"这就是关键。不只是太阳的能量，还有每个人生活的能量。如果生活质量高，人们根本就不用离开家乡。"

"你把我儿子从故乡带走了。"祖母说。

"够了，艾琳。"妈妈说。

然后北冰洋的冰盖融化。准确地说是没有结冰。这是地球有史以来头一次——北冰洋的夏季没有冰。有些人说："没关系，南极地区还有冰。"

其他人则慌得不行。

喀土穆的士兵控制了能源站，并且在每个入口都安排了卫兵。他们对工人说，能源不会流出苏丹，外国工程师都会回自己的国家。妈妈收拾了自己的桌子。

随后他们关闭了机场。仅供军队使用。

“开车去开罗，”祖母说，“开罗还没有关闭，去吧。”

这就是我们要去的地方，当时妈妈和爸爸……

城堡。

我还活着，妈妈。

爸爸，世界很美丽。

但是今天不美丽。至少今天的天空不美丽，爸爸。天空是一成不变的灰色。没有太阳，也就没有影子，而且山上的树都死了。在这种日子里，如果想赶路，最好要带指南针。我曾经有过一个指南针，是我电话上的。那部太阳能电话被偷走了，在我获得枪之前的一个星期。我不怪那个偷了我电话指南针的人。偷东西的理由有很多种，其中一些非常好。再说了，如果我还拿着电话的话，就必须给祖母打电话，她会问：“你在哪儿？”

我会回答：“还在边界另一边，不过很近了。一切顺利的话，最多再走三四天就到了。”

然后她就会问另一个问题，一个很难的问题，关于妈妈和爸爸的问题，而我觉得自己永远都无法回答那个问题。

13 别样世界

我规划地图的时候，那个男孩就蹲着，专注地盯着脚下的草。有时候我也这么做，我把它叫作别样世界。这是一种让你暂时不当自己的办法。你就像紧盯一块土砖一样紧盯着草。你看见草丛中有一只甲虫（我顺着他的目光看见了）。然后你再仔细看，想象自己就是那只在巨大草叶上爬的甲虫。你抱紧草叶爬呀爬，爬过了一千公里。你越爬越高，草叶变细了，虽然经验上感觉没问题，你还是担心它能否支撑你的重量。

接下来你看到一滴水。那水滴是巨大的银色苍穹，比你大三四倍，它是天空的镜子。水滴溅开了怎么办？别样世界里也有可怕的事情，和你日常所在的世界一样，只是事情不同罢了。万一它将一千升的水浇在你头上怎么办？你越是往草叶尖上爬，水滴就越是颤颤巍巍。叶片的尖端裂开了，所以它能支撑那滴水。只要再爬一步，就到顶端了。凡事都有顶端。水滴支撑不住了。它四散飞溅，水朝你涌来，不过你站得稳稳的，它只是从你身边流走。没有任何危害。

这就是为什么甲虫都长着硬壳。

妈妈说现在世界上甲虫更多了，甲虫不在乎温度升高。她还说：“如果我们不小心，甲虫就会统治地球。”

我看着那个男孩凝望着他的小世界。他十分安静，不过偶尔会伸一下手，我以为他是在捉甲虫，但是我很快就明白过来他是在更深处的草丛里发现了什么东西——一根长着灰黄色菌伞的细长蘑菇。他把蘑菇拔了起来，连带着一些草，然后把草连同蘑菇一起塞进嘴里。他根本没在看别的世界。他只是在找吃的。

“你当自己是什么，牛？”我喊道。

我上次看到的那头牛只是沙漠边小路上的一个骨架，上面蒙着干干的牛皮，空有牛的形状，当时我们被士兵拦住了。我坐在那个干枯的牛骨架旁，吸着干干的牛皮，因为那牛皮太硬了，很难切下一块来嚼着吃。我吸着肚子那部分，那块比较软，可以赶在兀鹫吃光它的内脏、太阳晒干它的水分之前吃上一点。它吃起来是灰尘和毛发的味道。往北走的三百多公里路，我一直在吃草，但至少我是把草煮熟了吃。沙漠里的草煮过也没有营养，还哽得嗓子发痒。但是蘑菇啊，蘑菇！就连爸爸都不知道哪些蘑菇有毒。

“吐出来。”我喊道。

我从他嘴里抠出一团团绿色的东西，但那白色的蘑菇不见了踪影。他已经把蘑菇吞下去了。那孩子看着我，他没笑。

我说：“要是你想死，至少别死得这么蠢。你爸爸没教过你吗？”我拿出水壶，“漱口。”

他喝了水，在嘴里翻滚了几下，然后吐了出来。他始终盯着我。

“提醒你一句，”我说，“你可以三个星期不吃东西，但是必须喝水。”

然后我盖好水壶盖子，走了。

14 行走

那孩子跟着我。尽管是下坡路，且地面崎岖不平，我依然走得很快。山上没有树，只有一丛丛的茅草和低矮的蓟草。

我听见那孩子在我身后走着。他没有哭诉，也没有抱怨。就算是绊倒了，也只是很小声地叫一下。稍微喊一下疼就再次站起来。当然，他跟不上我。因为他腿短。

我没等他，也没有回头。

我一直看着地平线。

15 地平线

在阿伦岛，祖母的房子后面是一座小山。并不是远处的山，那座山就在她后花园里。我小时候每年夏天都要去爬山：走过大门，经过放在拖车上的划艇，穿过一小片沼泽地，然后就到了进入树林的小路。经过一连串长满苔藓的大圆石之后就来到了树林里。莱夫查姆溪的水就是从这儿如瀑布般流下小山。那时候我学会了越过小溪——在水面宽阔、水流清浅的时刻穿过小溪，走到山的更高处，到达“马”这个地方，其实就是湍急流水上方一根倾斜的树干。我常常跨坐在这根树干上休息，因为我知道接下来还要继续走路，还没到山顶呢。地平线总是很能迷惑人。于是我接着爬山（每次都承诺要到达山顶），可我从来都没有到达过山顶。就好像每次都以为要到达地平线了，结果却发现只是到达某个斜坡底部而已。

妈妈说：“梅丽，我们家的人从不半途而废。一旦我们下定决心，就会努力到底，一直前行，不管过程有多艰险。”

于是我继续走。

七岁那年我第一次到了山顶。山很高，树林忽然舒展在天空下。向西可以看见通往戈特山锯齿状山峰的道路，向东可以越过波光粼粼的海面看到大陆地区，还能看到祖母家的烟囱——我至今都能看见。我知道自己在哪里。

我在这不属于我的英格兰北部的山丘上一小时又一小时地走着，试着想起这一切。我爬上未知的山脊，汗流浃背地走上山顶，又步伐轻快地走下山，穿过那些乏味虚假的地平线。我一直走着，却从未到达过，从未看到任何地平线向我靠近。从未到过山顶。我穿过不知名的山丘，一英里[①]又一英里地违背我的承诺。

在旅途中，我每时每刻都在想家。我的家。回家。我那童年时位于群山中的家。苏格兰。今天我忽然想知道家是否是这样的：不需要地图就能走回去的地方。

牢记在心中的那片地方。

① 1英里约合1.61千米。

16 野蒜

我走得腿都疼了，肚子也疼，但是我没打开食物包袱，只是喝了点水。今天我几乎都在沿着小河走，顺便把水壶装满。我看着云。这时候它们显得更暗了，但有时候云会连续几天都是这样，一切还算正常。今天天气不错，也还算顺利，不过有很多东西都会影响我走路：

——风暴；

——城镇；

——带枪的人；

——河流；

——受伤；

——墙；

——雨；

——带刺铁丝网；

——男孩。

黄昏时分，我去寻找庇护所。在前面的一座山上，我看到一处地方，也许祖母会把那里叫作“牛圈”，那是个废弃的破牛棚，是从前山上还养牛的时候留下的。庇护所其实就是几个小灌木丛和绵延数英里的开阔沼泽地。如果在沙漠，我会说找庇护所是不可能的，那只是海市蜃楼。

我加快了步伐，仿佛可以甩开所有的麻烦事。当我走到树林边时，又出现了一个新东西，它像毯子一样铺在我脚下。

大蒜。

哦，爸爸。

树林边缘长着大片野蒜！一大片白色的花朵和宽阔的绿叶。我踩了上去，走过时，野蒜的气味弥漫在空气中。我知道，土壤中有很多鳞茎。可能只是些小鳞茎，但是可以止血，有辣味，那种刺激的香味会让人流口水。

爸爸，爸爸，爸爸！这世界真是太美好了！

我高兴极了。但是我知道不可以贪心，不可以像那个男孩吃野草和蘑菇时那样把野蒜叶子全塞进嘴里，更不能吃太多，也不能吃太快，要慢慢吃。先闻味道，舔一舔，慢慢嚼，不要吞，让胃适应一下。这也是我在沙漠里得到的一个教训。没吃东西的时候，突然吞吃一大块会让你觉得胃胀，然后你的胃会抽痛起来。

于是我慢慢吃。我把野蒜拔起来，慢慢地把白色鳞茎上的泥巴搓掉。在吃叶子之前我先舔了舔。我闻到了大蒜的味道，以前我家每顿饭都有这个味道。我还小的时候，祖母做的那些饭很丰盛：番茄蒜蓉意面、大蒜烤羊肉、奶油蒜香虾、蒜蓉鸡胸肉。这味道让我产生了幻觉，当我嚼着白色的花朵时，食物出现在我的想象中。

我在野蒜丛中不知道躺了多久。也许我睡着了，也许我躺了下来，滚来滚去，还昏迷了一会儿。

总之我醒来的时候，他就在旁边。

那个男孩。

17 魔术师

“你是魔术师吗？”我问。

他看起来不像魔术师。他看起来很矮小，累坏了。他脸上沾满了泥土，膝盖流血了，右边的鞋子也开了口子。

但是他却出现在这里。那孩子比我第一次穿过莱夫查姆溪的时候还小。他吃了一个蘑菇，并没中毒。大自然总有办法淘汰弱者。也许他的爸爸也教过他一些东西。

“坐下。”我说。

他坐了下来，或者不如说他直接就落了下去。我坐在他旁边，从黑色的土地里拔出一块大蒜鳞茎，然后搓掉泥巴，用拇指指甲把鳞茎抠开。

“吃。”我说，递给了他一半。

他闻了闻。

“不错，”我说，“你进步了，但是这个可以吃。这是野蒜。”

他把那一半鳞茎放进嘴里慢慢嚼起来。我从水壶里给他倒了一点水，然后把剩下的一半鳞茎给他。我还把野蒜叶子撕成小片，一块一块地给他吃，接着又把花给他。

他吃的时候，我收集了很多叶子，放进兜里准备以后吃，然后我指指天空。灰色的云层越积越厚，越来越暗，天空中呈现出一种令人头疼的沉重感。

“我们要再走一段，不远，”我指着牛圈，“你行吗？”

那孩子点点头。他嘴唇张开了一点，我又看到了他那颗小小的、残缺的牙齿。这让我想起曾经跟我一起远行的每一个人都死了。

也许这次会不一样吧。

18 暴风雨

牛圈不像刚才看起来那么近。我们慢慢走着，那孩子脚底的鞋扑嗒扑嗒地响。小树枝、小石头和草叶都钻到了他的鞋子里。

一道闪电划过，随后传来轰隆隆的雷声。有时候这些云堆积好几天也不下雨，然后阴沉的云层就慢慢蒸发，突然，天就放晴了。但是也可能会下雨。暴风雨会突然来袭，而且非常猛烈。第二道闪电划过，几乎是同时，雷声伴随着雨点降临了。天空仿佛开了个口子，我们则成了甲虫。从天而降的瀑布浇在我们身上，俨然是洪水降临。

但我们没有硬壳。

“跑！”我喊道。

然而那孩子跑不了。他穿着那只开了口的鞋没法跑。

“我绝不会背你！”说完这句话，雨水就浇得我张不开嘴。更确切地说，雨水灌进了我的鼻子里。水猛烈地从我脸上流下来，我几乎无法呼吸。我的耳朵听不见，鼻子被鼻涕堵住了，只能张开嘴呼吸。我想用袖子擦鼻子，但是风很大，我必须很小心才能保持平衡，所以还是不擦鼻子的好。我也跑不了。我只能站着。

狂风从那孩子身边吹过，抽打着他，不过他比我矮，反而站得更稳。他的鞋子被风吹到空中，他想抓住鞋子，两只胳膊像风车一样在空中乱舞。不久就下起了冰雹。

大小不一的冰雹胡乱地砸在我脸上。我抬起胳膊保护自己，用小臂挡住额头，但冰雹还是不停地落下来。那些子弹和皮球大小的冰块砸在我的头上和背上，也砸在那个男孩的背上。他被击倒在地。我顶着风想拉他起来，就在我以为自己拉住了他的时候，风忽然变了个方向，又一阵冰雹劈头盖脸地朝我们砸了下来。

就在我觉得我们肯定到不了牛棚的时候，云层散开了一点，忽然漏出一缕阳光。冰雹马上融化了，一接触到衣服和皮肤，几乎瞬间融化。我们都湿透了——全身都滴着水，衣服也浸满了水。就在太阳出来时，风也停了，我们又可以动了。

“跑。”我说着跑了起来，那个男孩抬起没鞋子的那只脚跳着。

“脚放下！”我喊道。于是那孩子光着脚踩在湿滑、粗糙的地面上。

我们跑向牛棚。近了之后，我发现那个牛棚的门没有了，墙倒向棚子里面，可能是被撞进去的。不过至少有屋顶，一个有波纹的铁皮屋顶。这里是个真正的庇护所。

我到了。

那个男孩也到了。

我们水淋淋地站在牛棚里头，倾盆大雨打在屋顶上。我们甩甩头，把贴在眼睛上的头发甩掉，然后按着耳朵吞咽，就像你平时在飞机骤降时那样，让耳朵暖和起来，让里面的水都流出去。

耳朵终于轻松了，下巴也能动了。虽然我们被淋得够呛，但现在暂时安全且暖和。

不过我们很快就开始发抖。

19 火

“把衣服脱了。”我伴着鼓点般的雨声喊道。

我已经把无袖外套脱了，接着准备脱运动衫，但是那孩子没动。他就那么茫然地站着，整个人就像十分钟前的那只鞋子一样抖个不停。抖。抖。抖。他双手抖个不停，头也像搁在一根细木棍上一样抖着，上牙敲着下牙，嘴里发出越来越多的声音。一连串同样的声音从他颤抖的嘴巴里冒出来。

咯……咯……咯咯咯……咯咯咯咯……咯咯……咯……咯咯咯咯咯……

“把衣服脱了！”

这时候风再次吹起来。这个棚子毕竟不是真正的庇护所，因为门都没了，留下一张血盆大口，外面的东西可以畅通无阻地进来。而那堵被踢坏了的墙则是另一个大洞，透过那个洞居然可以看到门！

门就在墙那边的地上。

于是我又出去，捡起门，顶风冒雨地拖了回来。回到棚子里之后，我努力想把它竖起来卡在缺口上。当然，门并不能完全把洞挡住，也不能完全地遮住风雨，但多少还是能挡住一些。

那孩子还在发抖。

“我叫你脱！”我举起他发抖的双手，帮他把衣服掀过头顶。或者说试着去那么做。不过我同时脱了他两层衣服，它们都缠在了一起，而我的手实在太冷，根本不能把衣服解开，因此那孩子的脸都被缠在了湿乎乎的衣服里。由于无法呼吸，他开始自己想办法，最终他上气不接下气，总算把衣服脱了。他还穿着一件背心。小男孩款的背心。

背心很湿、很脏，但是我不由得忽然想到：肯定有人很爱这孩子才给了他这件背心。

“裤子，”我说着，开始脱自己的裤子，“脱掉裤子。”

很快我们就只剩了内裤。

“擦全身。擦你的胳膊。擦你的腿。跺脚。跺脚。”

他按我说的做了，然后又说了一串的咯咯咯咯咯。

“我去生火。”在距离边界这么近的地方生火不太明智。这片地方十分荒凉，几英里远以外就能看到烟雾。但是今晚不生火的话，我们的衣服就干不了，我们也没法暖和起来。再说，火可以不让我们受到野狗的侵袭。冒险和选择。如今的生活就是这样。

那扇简易门让棚子显得更暗了，不过光线依然能从墙上的洞里照进来。

我看到的情况是这样的：地面是干的。至少我和那孩子所在的地方是干的，所以屋顶应该很结实。牛棚里有三面墙是木头做的，第四面墙则用一块波纹金属临时代替。如果我在那边生火，说不定金属就会传导热量。牛棚里的其他东西还包括：

——一卷带刺铁丝网。每个刺上都点缀着一些羊毛。这里不是牛棚，而是羊圈。我已经很久没见过拦羊用的铁丝网了。最近我见过的带刺铁丝网都是拦人用的；

——两块干骨头。我也不知道是什么骨头，大概是动物骨头吧；

——几块厚塑料片，可能是从农用袋上扯下来的；

——一棵小树苗，根还连在上面；

——门的金属铰链；

——几块扁平的灰色大石头；

——一些木板，一定是被撞坏了的墙上的。

我拿出刀，仔细看了看那棵树的树根。它们很柔韧，但是不够干，不能用来生火。树皮倒是很易燃，尤其是桦树树皮。这是一个叫菲尔的人告诉我的，那时候，希思罗拘留中心的暴乱刚刚结束。那棵树已经被剥皮了。于是我看着那两块骨头，不知道骨头是不是也易燃。我见过人烧尸体，因此至少也知道它可以烧起来，但是我不知道能不能用骨头的碎片来生火。我又看了看羊毛，羊毛会烧焦，我觉得它烧起来就跟烧人的头发差不多。我只能从破木板上削一些碎片下来。

我搓搓自己的胳膊，又跺脚又蹦跳，然后把木板拿过来，尽可能薄地削下一些碎片，不过我的手又湿又滑，削下来的木片比火柴还厚，而作为引火物的木片最好像铅笔屑一样薄。要是我的衣服还干着的话，倒是可以扯下一些绒毛来引火，但是衣服全湿了。

雨小了，屋顶上乒乒乓乓的声音也小了。

我继续削木头。横向木板里，有一块挺薄的，我把它递给那个男孩。

“用石头刮些碎片好生火。要特别小的碎片，明白吗？”我说。

男孩有条不紊、全神贯注地开始干活。他是个好孩子，很聪明。他爸爸一定是个好人。也可能是他爷爷。也许他就是和爷爷一起远行的。

我终于削出了一小堆干木屑，然后转向那棵树，从树上砍下一些小枝。接着我又把树翻了个身，看另一面还有没有小枝。这时候我看到了粗麻布，只有一小块，其他部分被埋在土里。在希思罗的时候菲尔说过：“任何纤维制成的东西，只要能分开，就适合用来引火。”我去扯那块麻布。它比我预计的大，是一条半米的粗麻布。菲尔还说过：“碎纤维对生火的人来说就是金粉。”于是我把麻布上的土弄掉，用刀划开纤维，并把它们弄碎。很快我就有了一小堆金子般的碎屑。

我按照菲尔教我的方法搭好火堆。我很擅长记东西。火堆要搭成圆锥形，火柴棍放在下面，然后把那个男孩刮出来的碎片放上去，再把从树上砍下来的大一点的树枝架在上面。我还留出了空隙，在火堆前方还留了一个入口，可以把麻布上的纤维放进去。菲尔说：“这叫火窝子。”火堆搭好了以后，我掏出打火石。它曾经是菲尔的打火石。很抱歉，我趁他睡觉的时候把打火石偷走了，不过我也说了，如今真是有很多充分的理由去偷东西。我唯一觉得遗憾的是，菲尔把他的名字告诉了我。要是不知道对方的名字，对他们做什么事情都会感到轻松。

菲尔的打火石——我的打火石——是个圆柱形的长棒，有我的食指那么长，有一半食指那么宽。打火石的一端连着皮绳，可以挂在手腕上。很容易就能用刀在这块打火石上敲出火星。我喜欢看到火星。我喜欢看到纤维点着并燃烧的样子。

我把烧着的火窝子放进火堆中间。

20 故事

开始生火了，先是一点有着黄黑色边缘的橙色火星，接着火星越来越大，随后木片被点着，发出噼啪的声音。我站起身看着，直到自己确信火窝子真的烧了起来，而且火可以顺利地烧下去。

然后我拿起湿透了的衣服，透过墙上的破洞把衣服拧干。那孩子看我拧衣服，也从地上捡起自己的衣服，模仿我的动作。

“很好，”我忍不住说了一句，“好孩子。”我的语气像他妈妈。

他的妈妈。

不过他拧的方式不对，他的手也不像我的一样有力气。

“过来。”我拿过他的衣服帮他拧干，然后我在柴火堆旁找了个地方把衣服全部晾起来。这个棚屋有波纹的那一面墙是随便钉的，不少钉子突了出来。我把这些钉子当作挂钩，通过纽扣眼把衬衣挂了上去，裤子也通过腰带环挂了上去。我的外套则搭在墙上的破洞处，一半露在外面，希望风能把它吹干。

火现在已经成了明亮的黄色光芒。那孩子本能性地蹲下，伸出手去取暖。我们两个都不再发抖。等到更大的木头也燃起来之后，我剥了一点野蒜鳞茎和叶，塞进了水壶里。金属水壶的好处就是可以放在火上加热。

我把它放在刚才放火窝子的位置，没盖盖子地让它加热，这样才能通过蒸汽判断温度。我知道要加热且不能煮沸，这样从火上拿下来的时候就不会被烫伤。加热之后，蒜味充满了整个棚子。水壶开口处冒出一些水汽后，我把剩下的麻布叠起来，垫在水壶上，把它从火堆上取下来。

我把水壶递给了那个男孩说："热水，还是大蒜茶呢。但是现在别喝，很烫。"

我们坐着，边等边闻味道。

我们现在都半裸着。我身上很冷，皮肤冻得发白，还湿乎乎的，那孩子则侧身烤着火。爸爸，他的脸一半在阴影中，一半映着火光。他一动不动地坐着，看起来就像一座刚刚离开艺术家之手的小型青铜雕像。

"从前，"我说，"人和动物还说着同样的语言，所有的生物全部互相理解。那时候有个男孩，他的眼睛——"

我停了下来。

那孩子转过头看着我。火光照着他的整张脸，他的眼睛真大。

"他的眼睛就像……"

我讲不下去了。虽然对这个故事了如指掌，但是我讲不下去了。爸爸说过："人类总是在讲故事，梅丽。早在AllConnect和The

Weave[①]出现之前，在快照分享、互联网、电影、广播出现之前，甚至在书本出现之前，梅丽，在文字被记录下来之前人类就开始讲故事了。大家坐在火堆旁，分享各自对世界的见解。”

但是今晚，故事卡在我嗓子里，词语让我窒息。因为这是爸爸曾经讲过的一个故事，我想听到爸爸用他的声音讲出来。我希望这个故事能够留在从前，那时候我会在晚上裹紧被子，爸爸就坐在床尾。

爸爸讲的故事，结局总是很好。那些都是真实又幸福的故事。每件事都会解决。不管遇到什么困难，故事里的人总能克服。正义总能战胜邪恶。那些故事都简洁明快且完整。那是来自可信赖的世界的故事。

不是我们现在生活的这种世界的故事。

那孩子依然看着我，眼中充满希冀。仿佛事情最终都是可以理解的，都是能变好的。仿佛我可以让事情变好。我！还有我的故事。

爸爸，你说我该怎么办?

骗他?

---

① AllConnect和The Weave是两款应用程序。其中，AllConnect是一款支持所有串流技术的应用，能将安卓用户的本地及在线音乐、视频、照片串流到家中的智能电视、Chromecast、Amazon FiveTV 、Xbox和任何AirPlay或DLNA设备上。The Weave是一款聊天软件，可以和各领域专家进行聊天。

21 棍子和石头

“忘了它吧！”我突然气愤地喊起来，“忘了这个故事吧，忘了所有故事吧！讲故事对我们一点用都没有。它们是从前的东西。”那孩子没动，他用那双又大又黑的眼睛看着我。他又在等待。满怀希望。想要一些我给不了的东西。

为什么每个人都这样看着我？

“你以为我是谁？”我喊道，“你妈妈？你爸爸？不是！你现在得靠自己。我们都得靠自己。你明白吗？你没有文件。你不可能穿过边界。最终绝不会有什么好结果。”

说这番话完全是因为那个男孩的眼睛。因为今天晚上，我看着那双既深邃又充满希冀的眼睛时，实际上是在看着穆罕默德的眼睛。我仿佛回到了开罗附近的那条路上——离开罗很近，飞机也很安全，想起了叮咬穆罕默德脚的那些恙螨，他的腿上满是虫咬的伤口，伤口处渗出脓液。那时候穆罕默德不说话了，至少不用嘴巴说话。但是他的眼睛会说话。是的。当我最后一次走开的时候，他的眼睛在说话。他的眼睛说的是——城堡。

“你从来没有在边界滞留过吗？”我朝那孩子喊道，“到了边界，你就真的需要编故事了。不是关于过去经历的蠢话，是现下要用的。一个讲给士兵，一个讲给移民局，还有一个讲给精神病医生和社工——当然，运气好才能见到精神病医生和社工。”

沉默。

“所以你最好现在就开始编，编你自己的背景故事。不要觉得你在那时候还能坚持不说话。绝对不可能。他们会逼你说话。逼你说话！你明白吗？”

沉默。

“你是什么？石头吗？”我喊道，他的眼神表明他肯定不是石头。我不由得弯下腰，从泥地上捡起一块扁平的灰色大石头高举过头顶（拿起来后才觉得它真的很重）。我举着石头，就像那天晚上在沙漠坟墓里举着那块红砖一样，仿佛我能像砸烂人头一样砸烂眼神。

但是我不能。

眼神会一直跟着你，缠着你。

所以我跟那个男孩一起待在棚子里，但我的心却不在那儿。因为我身在城堡，那些锁全都打开了。我必须努力，努力记住这孩子不是穆罕默德，不是穆罕默德！而那个希冀、渴望的眼神也不是关于我及我的离开。只是关于一个故事而已。也许是关于一个石头。是的。那孩子的手穿过面纱，穿过迷雾，穿过沙暴，朝我伸来。他的拳头像花朵一样张开，手掌向上抓住我，其实他是想抓住那块石头。

他要的就是那个。

石头！

于是我把石头给了他。

我轻轻垂下手臂，把石头小心翼翼地放在他手里。他瞬间不再是穆罕默德，又变回了那个男孩。我那狂跳不已且痛苦不堪的心脏也缓和了不少，说不定当阳光忽然穿透乌云的时候，暴风雨就是这样的心情。

我呼吸着，听着自己的呼吸声。

与此同时，那孩子看着火堆。他从火里扒拉出一根烧焦的棍子，然后把石头放在两脚之间，把棍子像铅笔一样拿着。

他要写字了。

爸爸啊，我觉得他要写字了！

他的第一笔是试验性的，似乎是在测试“笔”的颜色——看看深浅，他用棍子画了一条线，然后这根棍子忽然像魔杖一样在石头上飞舞起来，留下一串沾满火星的痕迹，有直线，有弧线，有螺旋。他写的时候煤渣就从棍子上掉下来，也被写了进去。他专心写着字，我就等着——等着，等他写清楚点，因为他现在根本不是在写字，而是在画画，画了一连串的画，也可能是某种抽象图形。

很快，石头上就画满了图案。他又拿了另一块石头，用拳头把它擦干净，然后从火堆里拿出另一根树枝。他非常专注、非常热切地画着那些符号，全身心地投入到绘画中。

片刻后——其实我也不知道过了多久，他放下棍子，把石头推给我。

我看了一下。

爸爸，我不知道这些符号是什么意思，可能是另一星球的速记吧。但是我明白，对那孩子而言，这些符号是有意义的，或许它们确实是有意义的。所以我又看了一下，我看到的是这些：星星、掐丝工艺品、花朵和弯弯曲曲的装饰纹，它们彼此之间交错重叠，没有起点，也没有终点。我还是不明白，可能是因为我在寻找什么包罗万象的东西，那是一种很大且全面的图形。我忽然意识到，我一直在找这样的东西，这种可以把我懂的和不懂的联系在一起的东西。但这或许不是重点。也许他画的是我永远不可能理解的东西，也许是他思想的形状。是我见所未见的魔毯，是我闻所未闻的故事，是他的梦和希望的轮廓。所以也许我不需要理解，也许我只需要相信他。

再说了，也不能说这些图画得不好看，爸爸。它们很美，就算没画完也很美。是的。这些故事写到边缘就掉下去了，从石头边上掉下去消失了。但也许这也没什么关系，也许像如今的所有东西一样，这样就算是完整了。

不过，如果这里还有别的石头，他就能写更多故事。但是周围没有石头。屋里没有。现在没有。只有这两块。现在棚子里只有两块。他画的画就像是给我的礼物。

所以我说："谢谢。"

22 星星伞

我们坐了一会儿。

那个男孩。

我。

用木炭画了画的石头。

我们喝着晾凉的大蒜茶。我们吃着从放食物的包袱里拿出的被雨水泡过的面包屑和奶酪。火烧得很不错，现在闷烧着，不冒烟了，无人机不会发现我们。我把门上的金属铰链放进灰堆里加热。就算火灭了，那金属也能保持住温度。

天黑了，那孩子站起来去挂着裤子的地方，把那块吮吸石头从兜里掏了出来。然后他又回到火堆边，背对着我蜷成一团。我听见他在吮吸那块石头。很快，我就听见他睡熟的声音。

我想着要不要找一块塑料布给他盖上，他没穿衣服。可是万一塑料布在夜里着火，熔化了怎么办。让我来当他的毯子更好一些。靠着他的后背躺下，用自己的一点体温帮他取暖。虽然这样也会让我更加暖和，我却不能这样做。自从沙漠里那件事之后，我认为自己再也不能睡在任何人身边。

但我还是忍不住地看着那个男孩。他蜷成一团躺着，双手抱着上臂，看起来就像抱着自己一样。穆罕默德从来不会这样躺着，他像个木板一样直躺着，仿佛是在立正着睡觉。由于他是我妈妈的司机的儿子，有时候我会想，不和我——老板的女儿——在一起的时候，他有没有和自己的家人一起睡过觉，和家人睡在一起的时候他会不会更放松。大概不会。我觉得穆罕默德天生就会像个木板一样睡觉。我们两个就那样奇怪地躺在一起，我十四岁，他十岁，这样很好，除了在麦罗埃那一晚。

爸爸说："人们一想起金字塔，想到的都是埃及金字塔，那些为法老而建的陵墓。但麦罗埃的金字塔则是为人修建的。"

爸爸和我经常计划着去喀土穆北边的沙漠看苏丹金字塔，但是从未实现。我不知道我和穆罕默德在看到地平线上的金字塔之前，已经在沙漠里走了多少天。穆罕默德被热气冲昏了头脑，认为苏丹金字塔只是海市蜃楼。没有亲眼看见的话我也会这么认为吧，不过那些金字塔看起来就和爸爸描述的一模一样："仿佛一连串被人敲掉了顶端的三角形水煮蛋。"

我和穆罕默德不可能为了看那些金字塔就改变行进方向，但也不是非要沿着原路前进不可。也许我们只是想到了砖头，连续数日以开阔的天空和多刺的灌木为伴，还是砖头和稳固的建筑比较好。我们并不知道自己能不能躲进那些陵墓里，但最终还是到了那里，看到有些有小入口，入口两边有柱子，仿佛是小型神庙。当然，我认为要是我们能找到这样的庇护所，别人也可以找到。不过那个地方却是荒废的——只有几个烟头丢在沙地里，表明有人经过。

反正我是这样想的。

我们当时累坏了，庇护所令人喜出望外。我们缓慢而费力地走了好几个小时，头发上、睫毛处、脚趾间、牙齿上全是沙子。还没有进入沙漠的时候，我以为沙子很软，但其实都是细碎坚硬的石块，无边无际、难以摧毁。沙子在我们嘴里咔嚓作响。我们的嘴唇十分干燥，就算我们想要舔舔嘴唇，舌头也没有丝毫水分。我们刚出发的时候，苍蝇还围着我们转，从我们额头上吸入汗水；现在我们都不出汗了，苍蝇也没有了。

所以当穆罕默德从陵墓里探出头来咧嘴一笑的时候，肯定是有什么事情。

“床。”他说。

其实也不算是床。狭窄的入口处有一个小型的长方形沙堆，原本应该放枕头的地方放着两块很大的石头。它确实算是个庇护所，风吹不进来。

入口处砌了一排比较现代的土砖。必须跨过那些砖头，你才能进入内部。我进去了。

我注意到有一块砖头松动了。

穆罕默德一躺下就睡着了，我却莫名其妙地睡不着。我坐在门口看着沙地。风在沙地上吹出蛇形纹路，一道道的纹路重叠起来，发出沙沙的声音，仿佛是有人想把沙子扫走。但那天晚上想扫走沙子的人不是我，因为当时我满怀感激。

妈妈——我还活着！

爸爸——世界很美丽！

天空是深蓝色的，星星宛如流动的河：明亮的星星，数不尽的星星，银河系里的星星。我觉得自己已经有很多天都没有抬头看天的力气了。那天晚上我抬起了头。虽然天气越来越冷，我还是走出了陵墓，看到星河变成了穹顶，仿佛延伸到整个世界，又像只笼罩在我一个人头上的小伞。

那时候我在想你，爸爸，还有你会怎样和我一起站在这星星伞下。

也许这是个预兆，你不在那里，也许根本没有预兆这种事情。只有此时发生的事情和接下来要发生的事情。不管怎样，我又回去了，躺在穆罕默德旁边。白天晒过的沙子还有一点热气，我很快就睡着了。晚上穆罕默德似乎起来，出去了一趟。可能就是这个举动把别人引到了我们这座陵墓。我不知道穆罕默德为什么起来。可能是前一天那个盲人女孩给他喝的水不好，可能是他想上厕所。我觉得就是在那个时候他开始拉肚子。总之他离开了陵墓，接着一个陌生人进来了。那个人闻起来有股烟草味，疯疯癫癫的，并没有像块木板那样躺着。一开始我以为自己在做梦，梦见那只手在找寻我的城堡。

所以，不行，我今天晚上不能躺在那个男孩身边帮他取暖，不能躺在任何人身边。不行！那个男孩赤裸着身体——我赤裸着身体，他的皮肤贴着我的皮肤，简直不能忍受。虽然他不是沙漠里那个人，虽然他只是个小孩。然而梦是不会加以区分的。梦总会出现。

所以我到一边去了。我靠着金属墙，努力保持清醒。

终于，太阳升了起来。

23 啜泣

虽然没睡觉，但我还是起身了。我穿上依然潮湿的衣服去河边取水。

我把水壶装满，喝完——有股大蒜味，接着再把水壶装满，盖好盖子，然后我就往棚子走去。走到棚屋门口的时候，我听到里面传来了哭泣声。不是小声地哭，而是大声地、撕心裂肺地哭。我加快了脚步——这是下意识的反应，没什么用处。不管那孩子遇到了什么麻烦，我都帮不上他。

他穿着那件脏兮兮的小背心站在火堆的灰烬旁，手里拿着那两块画了符号的石头，但是昨晚的绘画都变黑了，被灰弄脏了。他在石头上画了新的图案，很大很愤怒的螺旋，仿佛巨大的指纹或者池塘里的涟漪。他把其中一块石头往另一块石头砸去，砸得太用力，以至于大块碎片都掉了下来。他眼睛紧闭，用力地哭着，泪水像暴风雨似的流个不停。咔嚓，咔嚓，咔嚓，石头上的螺旋和模糊的图案全部被砸碎了。我内心深处有一部分在说："停下！立刻停下！

那些石头很漂亮！”但也许这不是重点，我们不能把这些石头带走。这些石头属于过去。所以我什么也没说。

最终他号啕大哭，把其中一块石头扔向那面波纹铁皮墙，墙发出巨响，抖个不停。随后他把第二块石头也扔了过去，他瘫坐在地上，哭号声盖过了石头碰撞金属的声音，他整个身体颤抖着，吞下愤怒和泪水。我知道他没注意到我正站在门口，他什么都没注意到。只是悲伤不已。

我有什么资格去打听他为何悲伤呢?

各种可能性都有。也许他也有自己的沙漠，他有自己独有的旋涡，他有他的汹涌大海；也许是因为那件半干的背心，那背心几乎都遮不住肚子了；也许是因为那个老人死了；也许是因为失去了家人，失去了朋友，失去了家园。还可能是因为新的一天开始了，因为靠近边界了，或者因为又要穿着那双开了口的鞋子走路了。再或者是因为某些无法言说、不可名状的东西，有时候它就是这样，忽然涌上心头。

如果爸爸在这儿的话，他大概会弯下腰搂住这孩子吧。爸爸会去抱别的孩子，他肯定会的，还会跟他说悄悄话，让他安静下来。等他平静一些之后，爸爸会继续抱着他，贴着他的脸，贴着他的皮肤，那孩子就不会哭了。他会平静下来。

但是爸爸现在不在这里，而我做不到，所以我没说话。我不能碰他，当然也不可能去抱他。我就让他哭，哭够了为止。

有时候哭一下也挺好的。哭了之后，各种情绪都暂时消退了。

24 行走

我们再次出发。

那孩子的鞋没有扑嗒扑嗒响了，至少最初的一公里是这样。我修了一下他的鞋子，把剩下的麻布和他的鞋带系在一起，整个绑在他脚踝上。看起来有点滑稽，这样他的脚就好像一个装在小麻袋里的土豆。

我走得不如平时快。天空很阴沉，周围没有树，因此我既不能看太阳辨别方向，也不能看青苔辨别方向。我觉得我们是在朝东北方走，不过我也不确定，一想到有可能会走错路，就很难走快。另外，我还时不时地停下来看周围有没有住户。今天我们必须找些食物，这意味着可能要去偷。但是每次我看到建筑时也会看到路。路上有人。还有无人机。蚊式无人机。

我没跟那孩子说路上的人，也没提无人机。

我们就这样走着。

走着。

那孩子系着麻布的脚被打湿了，上面沾满了泥巴，麻布散开了，成了碎片。鞋带还绑在他的脚踝上，不过那麻布已经没用了，鞋子又张了口。那孩子坐了下来，解开鞋带，把鞋子和麻布全都扔掉。他接着又脱下另一只鞋——完好的那只鞋，也扔了。然后他站了起来。他没穿袜子。现在他光着脚。

穆罕默德也光着脚。穆罕默德被恙螨咬了。

“你不穿鞋的话会被恙螨咬的！”我喊道。

我不知道这个地区有没有恙螨。我也是在穆罕默德被咬了之后才知道有恙螨这种东西。那些红黑色的小东西会从伤口钻进你的身体。我还以为是蜘蛛，反正是昆虫。它们进入你的皮肤，让你痒得要命。穆罕默德先是脚被咬，然后是脚踝，接着是腿、生殖器。我没看到他生殖器被咬成了什么样子，不过我看到他在挠。穆罕默德说当你挠的时候，恙螨会撒尿。我不知道这是不是真的，但我知道如果你去挠，就会感染伤口。

“坐下！”我朝那孩子喊。

他坐了下来，我检查了他的脚。他脚底很脏，有水泡。他左脚，也就是穿张口鞋的那只脚，有些红色痕迹。我蹭了蹭那个红色痕迹，看它有没有腿。我知道恙螨的腿非常小，但我还是帮他检查了。在我的梦里，恙螨的腿很大。恙螨很大，它们的嘴很大，它们吐出来的黄色脓液也很大。

那孩子腿上的红色痕迹没有腿。

那个红色不是恙螨。

那孩子也不是穆罕默德。

“好了，”我说，“一点血而已。走吧。”

25 墙

我们走到一堵墙边。那堵墙只到膝盖那么高，看起来根本不像墙，倒像是用不规则形状的石板拼铺而成的人行道。一条巨大的、拼接不规则的人行道。那堵墙有三米宽，用大小不一的灰色石灰岩砌成，石头之间用黄绿色的多孔灰泥黏合起来。现在它不再是墙，不过以前肯定是墙。

哈德良长城。

我知道这个是因为我们住在苏格兰时，爸爸带我见过这堵墙。爸爸说："它原本大概有六米高，一百二十公里长，西起卡莱尔，东至纽卡斯尔，中间修筑了许多堡垒和塔楼。它由哈德良皇帝建造，目的是把罗马人与野蛮人隔离开。"

爸爸对城墙和野蛮人都很有兴趣。

他还说："梅丽，在哈德良皇帝的时代，我们都是野蛮人。你和我都是。住在这堵城墙以北的所有人都是。想想看吧。"

当时我没想太多，不过现在我确实在想。我想着关于城墙的事情：

——中国的长城；

——柏林墙；

——巴以隔离墙；

——土耳其的铁丝网栅栏；

——美墨边境墙。

所有那些阻止人们进出的墙。主要是禁止进入。禁止野蛮人进入，禁止外国人进入，禁止语言不同和信仰不同的人进入，禁止那些粗鲁、原始、野蛮、不文明的人，比如，爸爸！

我。

还有这个男孩。

我们。

想想看吧，梅丽！

城墙其实是界线。是分隔各个国家、民族、人群的界线。界线是人想象出来的。领土是在纸上标记出来的。爸爸给我看过一张非洲地图。

他问我："猜猜看，是谁画出了这张地图上的边界线？"

我说："是住在那里的人吗？"

"不对，"爸爸说，"这张地图是一群从未去过非洲的欧洲人画的。他们坐在柏林，像分馅饼一样划分非洲，所以这些边界线完全无视了山川、河流、贸易路线，也无视了各个部落。"

线画在地图上，线画在沙地上。你在这边，我在那边。

"这些线条都是凭空想出来的。"爸爸说。

你很难对城墙生气，尤其不会对古老又破败的哈德良长城生气。这堵墙不再是任何标志。我却突然生气了。可能是因为我累了，累坏了。可能是因为遇到了这堵墙就意味着我还要往东走很久。还有可能仅仅是因为墙在这里。它依然在这里。它毫不留情地让我想起过去一年来走过的每一处边界、每一堵围墙、每一个检查亭。想起我要由他人来判断我的脸是否合格，判断我来自哪里，能否通过检查，判断我是可以进入，还是必须离开，判断我的生和死。

妈妈，我还活着。

至于这堵墙，爸爸，这堵古代的墙，这堵由罗马人写着“生人勿近”标志、有近两千年历史的城墙注定要吃上一惊。

愤怒可以给你力量，刺激你分泌肾上腺素。

我跳到墙上。

我跑过去。

又跑回来。

往前跑。

前后不停地跑。

我虐待这堵墙。

我不承认这堵墙。

我对那孩子喊道：“看，我错了！边界根本不重要，这堵墙没什么了不起。过来吧，越过这堵墙！”

那个小野蛮人也跳了过来。

26 河流

走到河边的时候我还在想边界的事情。我心想，一条河不是人造的，它是个真正的界线，一道天然形成的界线。像山，也像海。天然屏障可以隔开部落和国家，但是自然从来不会检查你的护照。自然顶多会说："好了，事情就是这样。但你够聪明，够坚定，如果你敢想敢做……那就来吧。"

我穿过了沙漠，所以我也能穿过河流。

这条河很宽。

水流湍急。

当然，我可以去找一座桥。一座人工修建的桥。我知道西边就有条路，因为这一整天，我都能听见卡车的辘辘声。远行了这么久，我发现公路桥总在河流稍窄的位置。如果我可以靠近那条路——但也不能靠太近，或许就能找到容易过河的地方。

我们沿河往西走。水边的树木长得很茂盛，可以掩护我们悄悄行动。有时候河边会有小块满是干燥石灰岩卵石的沙滩，有时候会遇到水湾处长满藻类的湿滑岩石。河水很干净。这是好事。水冲刷着那孩子的脚，可以洗干净他的伤口。

河流向左转弯，我们也跟着转弯。我注意到，尽管河面有近十米宽，河中却有大块的石头。水从石头周围流过，溅起水花和泡沫，那些石头看起来像踏脚石。可以瞄准。可以攀附。可以停留。这是自然的恩惠。

“就是这里，”我说，“我们应该可以从这里过河。”

在这里，卡车的声音几乎接连不断。这里靠近边界，很可能是军队的卡车。但是我们位置比较低，所以看不到路面的情景。不过既然我看不到路，那么路上的人也看不到我们。希望如此。

我脱了鞋，把两根鞋带绑在一起，挂在脖子上。

那个男孩犹豫不前。

“别担心，只是看起来比较深而已，我们可以涉水过去。你先踩石头试试，”我是在渡过莱夫查姆溪的时候学到的这个方法，“踩着你要走的石头，如果它晃动了，就踩另一块。记住，大石头看起来很安全，但是翻倒的话会很严重，有时候小块的石头更好。我先走。我比你重。如果石头能承受我的重量，那你走上去也没问题。注意别滑倒。”

刚开始几米走得很顺利。河水浅且清，石头又宽又平。随后水就变深了，石头也越发难以下脚。要是拉着他的手有帮助的话，我早就拉了。可惜并没有。水没过我的膝盖，快到他的腰部，我们的双手必须尽可能地抓住岩石上的干燥处。水里时不时地有些树枝冒出来，我试了一下，看能不能用它们稳住自己。结果树枝一下就被拽了出来，我险些摔倒，不过还是站稳了。

我们走到河心，水流更急了，水面上的泡沫让我们看不见自己的脚，我不知道下一步该走哪块石头，于是停了下来。突然，石头发出了一阵乒乒乓乓的声音，那个男孩竟然跑到我前面去了。也不知道他到底做了什么，反正他摇摇晃晃地站在中间的石头上，咧嘴而笑，露出了门牙缝。

接着他伸出手，仿佛可以承受得了我的重量似的，把我拉了上去。

哈哈哈哈哈哈。

他大笑起来。笑声比河流的水声还大，比此时突然从上空飞过的无人机的嗡嗡声还大。不过我抬头看时，天上却什么都没有。也许是风吹树林的声音吧，有时候那声音听起来很像无人机。

那孩子继续大笑，等了我一会儿，然后继续走，小心地踩着石头。他有时站着，有时爬行，有时后退，或者大喊一声继续前进。

“好，”我也跟着喊，“很好！你爸爸会为你骄傲的！”

很快，他就到了河对岸。他是第一个安全到达那块斜着探出水面的巨石上的人。那块石头横在山坡上，看起来像地壳中的断层线。

山坡上比较陡的地方长着不少树木，于是他抓住树枝往上爬。石头通往河边的泥地和树丛，看起来像天然形成的台阶（现在我也靠近了）。我们爬上石阶，那孩子在我前面一点点，志得意满，甚至还很高兴。

大概就是因为这个原因，我们才没有注意到天然石阶变成了人工台阶，人工台阶又连着一条人工铺设的小路，在那条路的入口有两只脚。准确说来，是一双靴子。

一双闪亮的黑色军靴。

27 士兵

我对士兵的了解如下：他们都一个样子。也许他们出生在不同国家，肤色可能不同，帽子、靴子也可能不同，或者武器的样子、胸前的徽章不一样，但是他们说话的态度完全一样。不管你在哪里遇见他们，也不管你遇到他们的时候在做什么，反正错的都是你。所以必须要谨慎对待士兵。

以下建议会有帮助：

——让对方先说话，你不要主动开口；

——眼睛往下看；

——多说“是的”，或者“是的，长官”，无论对方是男是女；

——不开玩笑；

——不抖机灵；

——他们有机关枪时，千万别亮出自己的小刀；

——他们有机关枪时，千万别把你的（无子弹的）左轮枪对准他们。

因此我避免和对方的眼神有所接触，表现得低眉顺眼。对方是个男的，一个年轻人，大约十八岁。年轻士兵特别危险。我是在喀土穆沙漠公路上的第四个检查亭那里学到的这一教训。年轻士兵的行为很难预料。我一动不动，这个士兵穿着蓝色制服，胸前的徽章是蓝色底配一个白色的叉。是苏格兰的圣安德鲁十字。让我雀跃不已的标志。

是我祖国的标志。

是我家乡的标志。

是让我高声欢呼的标志。

但是我没出声。

嘘嘘嘘嘘嘘嘘嘘。

我还记得从前。当时苏格兰是联合王国的一部分，当时我们没有自己的军队。

那个士兵松松拿着枪——是机关枪，靠在腰上懒懒地晃了晃，仿佛不是在瞄准我。但是我离他不到两米，他不可能打不中，而且他脖子上有子弹袋留下的伤痕。那种弹夹装的子弹可供士兵开枪五百次，不需要填装子弹。这是我们出了喀土穆，通过公路上的第四个检查亭时妈妈告诉我的。妈妈说："我之前从没见过检查亭的士兵配备了子弹袋，这种装备一般是给上战场的士兵用的。"

这是件看似微不足道，实则关系重大的事情。

所以我什么都没说，低着头管好嘴巴。直到他开口，我才有所动作。

"文件。"士兵说。

准确来说，他说的是"文件儿"。

我已经很久没有听到过苏格兰口音了。那种柔和的卷舌“r”音是我的童年记忆。这让我想起了坎贝尔小姐，我在格拉斯哥小学的期末试卷“儿”都是她整理的。是这个口音让我分心了，我心想。卷舌“r”音带来的那种熟悉感和安全感。

“我叫梅丽，”我说，“十四岁，生于阿伦岛。”

准确说来，我说的是：“我叫梅丽儿，十四岁儿，生于阿伦岛儿。”虽然离开了七年，但我的苏格兰口音还是没变。他会听出来，也能明白我是苏格兰人。我的口音说明了一切。他会知道我就是这里的人。我该越过边界到他那边。我总算到达目的地了。

我到家了。

真的到家了！

我伸出双手，把文件递给他。

那个士兵没有去接文件，他看都没看一眼。他看着我，看着我挂在脖子上的鞋和湿乎乎的裤腿。

他用枪口指着那个男孩说：“所以你就敢带儿一个非法移民过河儿？对儿吗？”

接着他笑了。哈哈哈哈哈哈哈儿。

28 卡车

那笑声让我想拿出小刀刺进他的脖子里——尽管他手里拿着机关枪。不过我没有那么做。有时候我不会第一时间想到生存，也不觉得它是紧急情况。生存是长期游戏。

因此我老老实实地朝另一条充满欺骗性的地平线走去，就在那边：是一条路。一辆卡车停在路上，周围有很多穿着蓝色制服、胸前佩有圣安德鲁十字的士兵。他们看起来很放松，凑在一起抽烟说笑。那些香烟应该是真的烟草。在苏丹，士兵们有时候抽烟草，有时候抽大麻，有时候还喝加了火药的甘蔗汁。那些东西都能让他们疯疯癫癫、极其好战。所以烟草挺好的。

抽着烟的士兵解开卡车后面的锁链，拿枪指着我和那个男孩，把我们推上车。车上已经有很多人了，他们都被关在笼子里。虽然只是用木板和细铁丝网临时做成的破笼子，但那也是笼子。笼子里关着男人、女人、小孩，还有婴儿。

其中一个婴儿在哭，声音不大，也不持续，只是一种绝望的啜泣，仿佛那个婴儿也明白哭是没用的，没有人会来安慰他，但他只是忍不住想哭而已，泪水不断地涌出来。除此之外，卡车上一片寂静。那是充斥着警戒和畏惧的寂静。每个笼子的内边缘处都有一条低矮的长木凳，运气好的人可以坐着，但这些人都低着头，好像愧疚于自己可以坐着休息片刻似的。关男人的笼子看起来更结实（卡车上的男人远多于女人）。有些人站着，有些人坐在地板上。谁都没法伸直身子躺在地上。笼子里很狭小。

一个士兵打开了关女人和小孩的笼子。我们进去的时候，那些女人轻轻点头表示欢迎，但一句话也没说。我们找了个空地坐下，卡车后门咣当一下就关上了。我忽然发现卡车里没有窗。外面的天气并不热，但是封闭的卡车里十分闷热，又黑，又臭。我估计车里的人肯定很多天，甚至好几个星期都没有好好洗过澡了。说不定好几个月都没洗过。但臭并不是因为人们没洗澡，或者说不光是因为人们没洗澡，这里还有鱼的酸味和干掉的汗味，有没法从卡车里脱身的人排泄的味道。他们裤子里的臭味，以及笼子角落里的臭味。

是羞愧的味道。

看样子我们还算幸运。这一天快结束了，笼子也基本上都满了。有人用力拍了一下后挡板，卡车的发动机运转了起来。我们出发了。

我开始数数。如果这趟行程太长，数数是没用的。如果行程不太长，我就能估计出我们大概走了多远。我会这样做：数到六十，在身上的某个地方拍一下记录数据，然后再从零开始。最初的十分钟我用指头计数（从右手开始），如果到了十一分钟，我就记在额头上。十二和十三分钟就用两根眉毛计数，十四和十五分钟用我的眼睛，接着就是耳朵、脸颊（都是从右边开始）、鼻子、上下嘴唇和下巴。如果到了脖子，那就是二十分钟。

卡车停下的时候我数到了左胸——二十八分钟。后挡板咣当一下就开了。

大家都松了口气，大口呼吸着新鲜空气。就连那个婴儿也暂时不哭了。

有人喊道："1号接待处，男人！"

这次士兵都留在了柏油路上，三个全副武装的卫兵来到了卡车前。这些卫兵都没拿枪，但他们有配备手榴弹的警棍和防暴头盔。头盔的护目镜都推了上去。

"所有男人，出列！"

有些坐着的人站了起来，有些没站起来。我在想，可能有些人不会说英语，也听不懂英语。

"起来！"卫兵对着其中一个不知所措、坐着不动的男人用力大喊，仿佛只要大喊大叫就能解决问题似的，"起来！"

在沙漠里的时候我们也被这样对待过。在第四个检查亭的时候那些士兵拦住了我们。我们没做他们想做的事情时（因为我们不知道他们想做什么），他们就大喊大叫起来。

大喊大叫。

别人用你听不懂的语言对你大喊大叫是件很可怕的事情。尤其是像阿拉伯语这种，对外国人来说，阿拉伯语的单词听起来很刺耳，即使意思很平常也一样。无法交流就会加剧恐惧。无法说理，无法解释，无法辩护，无法求饶。

在沙漠的时候，刚开始我们以为那些士兵和其他检查亭的士兵一样，想要钱，但是那一次和我们之前在喀土穆的路上被阻拦的情况不一样。那条路上的检查亭在危机出现前就会例行检查。我们的司机，也就是穆罕默德的爸爸，能听懂士兵的语言，他知道该怎么做。

我们在第一个检查亭交罚金的原因是超速。

穆罕默德的爸爸回到车上后，妈妈问："我们超速了吗？"

"当然，"穆罕默德的爸爸回答，"在这条路上不可能不超速。"

"为什么？他们限速多少？"妈妈问。她总是科学家的思路。

穆罕默德的爸爸笑了，说："那要看他们觉得你带了多少钱。"

那天我们越往北走，速度就开得越快，和每个地方的人谈判所花的时间也就越长。到第四个检查亭的时候，穆罕默德的爸爸已经在车子外面待了二十分钟，妈妈呆呆地看着外面，说出了那句有关子弹袋的话："我之前从没见过检查亭的士兵配备了子弹袋，这种装备一般是给上战场的士兵用的。"

爸爸回答说："我也从没见过小孩带着子弹袋。看看他——他肯定还不到十四岁。"

十四岁，我的年龄。我认真地看了看他。我之前也说了，如今你很难看出一个人的年龄，不过他看起来挺年轻，瘦巴巴的，充满不安，像个刚出生的长颈鹿，还不知道怎么走路就抬脚走了起来。其他人——那些成年人——已经去那个劣质的白色木头小亭子里谈判了，只剩下他一个人在外面走来走去，大概他的内心也很彷徨。他是在这里保护、守卫、杀人的。他一点自大的样子都没有，只是莫名的紧张而已。我看到他的肩膀缩成一团，好像子弹袋的重量让他很痛苦似的。

十岁的穆罕默德问能不能出去上厕所。（那天他搭了个便车，因为边界附近有个小村子，他祖父母住在那里，他和他爸爸打算在那边过夜。）至少在沙地里尿个尿。妈妈说：“最好等他们说完事情之后再去。”于是他就等着。我们所有人都等着。天气很热，情况虽然令人不安，但我们也不是很怕。突然，检查亭里传出叫喊声。当时听来并不可怕，甚至都没人惊讶。我们知道，或自以为知道，那不过是次谈判，一种策略。然而我们可能根本就没听见那个声音到底说了什么——可能也没听懂，因为那个带着子弹袋的少年拿着枪直接进入了检查亭。

当时我依然没有丝毫担忧。事实上，我正专心看着一只苍蝇爬上车窗，它在车窗的灰尘上留下了细碎的脚印。如今我常常思考穆罕默德的爸爸在亭子里到底说了什么，或者没说什么。我不知道他究竟干了什么，或者没干什么，总之那个男孩进去之后就立刻开枪了。突突突突突突突突突。我希望他们不是因为钱才开的枪。只要他们要求，爸爸就会给钱。我希望不是因为有人太骄傲，也不是因为出了小差错，比如手指头意外扣下扳机。

检查亭的窗户没有玻璃，因此子弹没有打碎任何东西就射进沙子里。部分正在剥落的白色油漆颤动着，拍打着。至少我记得是这样的。也可能只是我的脑子在随着枪声颤动着，拍打着。

爸爸从车里跳了出去。

能够处理好一切事情的爸爸，从车里跳了出去。

三个人从检查亭里跳了出来。准确地说，是两个男人和那个男孩子跳了出来。穆罕默德的爸爸没出现。

爸爸说了几句话。我记得他的声音很急切，不过不大，他很平静，双手摊开。我不知道他说了什么，因为一阵尖叫盖过了他的声音。

那是非常难懂的尖叫。

“出来！”穿着圣安德鲁十字制服的卫兵对热烘烘的卡车里的那些男人喊道，“出来，我叫你们出来！”

说不定，在沙漠里的时候，包围我们车子的士兵说的也是这句话。类似“出来”的话，但发音不是“出来”。不管怎么说，爸爸当时已经出去了。

“出来，出来！”

接下来，不管是我脑子里还是卡车里都有点混乱，因为卡车上有人冲着他喊了回去。有一个人站了起来，像山地大猩猩一样摇晃着笼子，仿佛他能控制事态的发展一样。就像爸爸一样。

我想对他喊：“别这样，别这样！小心！”但是我一动不动，就像当初妈妈出去，把我留在车子里时一样。妈妈不喜欢被人逼迫，于是她也出去和那些人理论。

那些士兵不喜欢妈妈。我不知道是因为她是个女人，还是因为他们就是不喜欢她。妈妈不喜欢人家回答“不”。有时候我觉得自己有点像妈妈。

而我不喜欢那天那个背子弹袋少年的眼神。他的眼神不像那些抽烟草的人那么疯狂，但依然很吓人，可以说让人脊背发寒。他眼睛里满是恐惧。我那天所看见的是一双惊恐万状的眼睛，一个吓坏了的孩子。说不定我也是那样的。

所以我没有下车。

我没有下车。

我没有。

“出来。动起来！动起来！动起来！”

卡车上的男人跌跌撞撞地往外走。车上有个女人叫了起来，但我不懂她的语言，也就不知道她说了什么，但感觉她的声音急切而柔和。她是在对那个大猩猩似的人说话。也许她在表达自己最后的希望，也许是恳求，也许是爱意。

我真希望在那条沙漠公路上的我们到了最后也能表达一点爱意。

爸爸和妈妈之间。

妈妈和我之间。

爸爸和我之间。

但我们没有。

我们之间的最后一个字是：跑。

29 未成年人

所有男人从卡车上下去之后，后挡板再次砰的一声关上了，周围一片寂静。

寂静。

寂静。

寂静。

那个婴儿又哭了起来。有时候婴儿的直觉很准。

发动机再次发动起来。这一次我才数到右手的第四根手指——四分钟，车子就停下了。门打开时有人大喊："未成年人，无人陪伴的未成年人！"

我对男孩说："起来。"我们两个都站了起来。

这一次，就算听不懂苏格兰语，大家也听出了语气的刺耳。以防万一，他们都站了起来。

"我说的是青少年！"

有八个青少年。一群脏兮兮且无人陪同的小孩，十五岁以下独自行动的人。

一个男卫兵打开对面的笼子，把四个看起来十一二岁的孩子放了出来。那些孩子没有大人陪伴。他们被带走的时候，没有大人哭喊。当然，有人小声说话，但不多。剩下来的那些女人不想惹麻烦。她们也有家人，她们想要保护家人。

到我们笼子前的卫兵是个女人，一个身材高大的女人。她穿着防弹衣，看起来越发魁梧。

她指着那男孩说："出来。"

我朝他点头，示意他出去，自己也想跟出去。

"你留下。"她说。

"我十四岁。"我说。

"当然。"她说。

"我的文件上写着的，我出生在阿伦岛。"

"跟移民局说。"她说。

那个男孩看着我。

"我被认证过了，"我说，"在希思罗。"

"希思罗在英国，"她说，"你现在在苏格兰。"

"如果我不止十四岁，如果你认为我已经成年，那么他就有人陪伴。你不能带他走。你不能把我们分开。"我觉得自己的语气有一些惊慌。

"我们？"她说，"你又成他妈妈了？"

妈妈。

"不，"我说，"我是他姐姐。"

有人靠在我旁边。是那个男孩，他和我并排站着。

卫兵看了看我们两个。

她看了看我凯尔特式的白皮肤和蓝眼睛，又看了看男孩那非洲人的棕皮肤和深凹的棕眼睛。

“你当我不懂？”她用自己的警棍又快又狠地戳我胸口，把我戳得摔了一跤。那孩子依然拉着我——刚刚。卫兵分开了我们，把他拖到了笼子外面，然后锁上了门。

“提醒你一句，”她补充道，“我想干什么都可以。”

30 装袋

我又数过了三根指头，卡车的后挡板最后一次开了。这一次，马路上没有士兵，没有人大喊大叫，就只有那些护送卫兵让剩下的女人和孩子出来。

我们前面有个活动营房，上面写着“3号接待处”。我走得很慢，因为刚才被警棍打了一下，胸口依然很痛，何况我还必须保持冷静，记住周边环境。我一眼就看出来，这座建筑不是用来关押大家的，和机场不一样。希思罗机场的拘留中心是一座现代建筑，用水泥和钢筋修建，形似监狱。我在主要城市或者权力中心就已经发现了这一点：你离这些地方越远，建筑就越简陋。这里看起来不像监狱。这是随便选的一片破旧的红砖建筑，其中一些一度很豪华。我觉得它以前说不定是所学校。建筑上的很多窗户都被封了起来——最近才封的，不过也有些还没封。这样一来，我就有了选择的余地，只是可选的也不多。外部的围栏约有五米高，顶端装了铁丝网。

进入这个接待点之后，我就和那些带着孩子的女人分开了。我所在的队伍都是独自行动的“成年”女性。她们很多人看起来都和我同龄，不过这也说不准。不要觉得这是针对你的，在希思罗的时候打火石的主人菲尔这样说过：“对待未成年人的规章制度不一样，梅丽。未成年人必须和一个社工、一个医生、一个精神病医生在一起。他们不能被单独拘留，这关系到资源。”

移民官在队伍最前方的桌子后面，那里有一个纳米网、一个投影键盘、一个屏幕、一台3D打印机和一台手持式虹膜扫描仪。这些东西都嗡嗡作响。事实上，整个屋子似乎都在发出高科技设备那低沉的嗡嗡声。怎么能忘了这种声音呢？它曾是我生活的背景音。现在我却觉得自己的耳朵仿佛出了毛病。

移民官还有一大堆透明塑料袋，大概是用藻类做成的吧。这个无关紧要的想法让我想起妈妈说过的话。她曾说，如果不当工程师，她会去研究长链高分子化合物。每个被拘留的人走近时，移民官就伸出手（眼睛始终盯着投影屏幕），如果她面前的人出示了文件，她就会接过去。然后文件就会呈现在屏幕上，接着她扫描面前人的虹膜，给对方一个塑料袋和用3D打印机打印出的腕带。入境那个女人（或女孩）的全部财产都要装在袋子里。桌上有个牌子，写的是：“注册之后，所有被拘留者都必须脱衣检查。任何人若是隐藏财产，将被立即送往管理局。”那个牌子上写了两种语言：英语和盖尔语。盖尔语在前。牌子上没说“管理局”是个什么地方，但我猜得出来。

轮到我的时候，我把文件交给她。移民官看了看我的文件，又看了看屏幕，手指在投影键盘上敲了几下，扫描了我的虹膜，然后又看了看屏幕。这次她肯定知道我是十四岁。

我等着。

她又敲了几下键盘，然后把我的文件跟其他人的一起放进盘子里，递给我一个袋子。

我又站了一会儿。

最后她抬起了头。她长得不好看，头发全部向后梳起来，扎成一个紧紧的发髻。她的眼睛太小，都挤在一起。

“财物放进去。”她说。

我掏出枪。

她眯起了眼睛。

我想拿枪对准她的头。我想拿枪砸烂她的头。但是我没有那样做。在守卫森严的地方拿枪对付移民官肯定不明智。

梅丽，你必须活下去。

好的，妈妈。

所以我只是把食指穿过了扳机护环，横着拿枪。如果你像这样用一根指头拿枪，就可以把它转起来。于是我转了起来，只转了几下。这是个徒劳无益的动作，就好比爸爸跳下车的时候摊开了一只手，或是山地大猩猩似的那个男人摇晃笼子。我发现生命中有些事情不可能不做。这些事情定义了你，让你成为真实的自己。有大事，也有小事。表达希望或反抗的时候总有些小动作。这些事情会告诉你自己是谁，有时候它们会很危险。不是冒险，也不是选择，而是必须如此。

我笑了。

笑也是这种动作之一。我把枪丢进塑料袋里，那女人一直盯着我的枪。

我又把刀放进袋子里。

然后是包食物的包袱，里面已经没有食物了。

最后我把打火石也放了进去。

我没把水壶放进去。水壶是用绳子挂在我脖子上的。爸爸送给我第一个金属水壶的时候说："记住，水就是生命。"

移民官抬眼瞄了一眼我的水壶，然后指指自己头上的文字："任何人若是隐藏财产，将被立即送往管理局。"

"我没有隐藏它。"我说。

"我已经非常有耐心了。"移民官说。

"它只是个水壶。"我说。

"把它放进袋子里，马上。"她说。

于是我把水壶放进袋子里。壶里还剩一半的水，我听得见水晃动的声音。透过塑料袋，我看着那个水壶，立刻就觉得渴了，渴到能喝下整片湖泊。那个女人用一条塑料绳把袋子绑好，那种塑料绳你也可以用作手铐。她从打印机托盘里拿起一个新的身份标签，紧紧地拴在我右手手腕上——紧得过头了。

从这一刻起，我不再是梅丽·安妮·贝恩，我成了返回者1787F[①]。F代表女性，1787是我的编号，Ret代表什么我还不知道。在希思罗的时候，我是Sco5271F。Sco代表苏格兰。

"Ret是什么意思？"我问。

她回答："意思是，你走那边那扇门。"

---

① 英文原文是"Ret1787F"，其中"Ret"即"Returnee"，返回者、归来者的意思。

31 垫子

我穿过那边那扇门。

那儿并不是搜身检查的地方。通知上说要搜身检查多半是拘留场所里常见的套路——谎言、威胁、可能性，总之都是用来扰乱视听的东西。门那边是个储藏室，里面大约有三十个女人、十五把椅子（每排五把椅子，排成三排），还有一张桌子，桌上摆了些塑料杯和一把水壶。水壶是空的。没有人说要等多久，也没有人说是在等什么。我发现所有拘留场所里的流程都如出一辙。

屋里还有个厕所，气味不算难闻，有些排队的女人在聊天。她们说的是英语，不过带着苏格兰口音。

“我真是搞不懂，”一个女人低声说，“他们怎么能这样对待我们？”

我想起了妈妈和祖母的对话。当时妈妈说：“别傻了，我们是苏格兰人。我们生在这里。就算他们封锁了边界，我们也可以随时回来。”

祖母说："可别想太美了，规则随时都在变。现在就回来吧。"

我觉得规则大概是变了吧。

一个瘦而结实的小女孩气呼呼地扯自己的腕带，使劲揪那带子。她大概和我同龄，如果是从前，我们说不定就攀谈起来了，但是现在她很暴躁，玻璃窗上的一只苍蝇发出徒劳的嗡嗡声，而且我在想别的事情。

我在想那个男孩的事情。

我也不愿去想他，可是他的事情自动就冒了出来。他总放在嘴里的那块石头，我不知道移民局的人拿走了没有。不知道他们有没有要求他把石头也放进透明袋子里，然后用塑料绳扎起来。我在想他们现在有没有把那孩子关进牢房里。如果关进去了，他和谁在一起？和成年人在一起，还是和其他孩子在一起？和跟他说同一种语言的人在一起，还是和说其他语言的人在一起？人家会不会在他周围，或冲着他使劲嚷嚷他听不懂的语言？光想是没用的，什么也改变不了。我把注意力转移到了那些卫兵身上。我注意着他们来往的时间，记下他们的行动模式可能会改变什么。

看样子，我们应该是等着被叫走。卫兵大概是每半小时左右来一次，手里拿着一张名单。每次被叫到名字（其实是编号）的那批人就离开。那个瘦而结实的女孩也走了，走的时候还在扯自己的身份腕带。终于，我也被叫到了。我跟另外五个年轻女人一起去了这片建筑的中心区域。我靠数自己走了多少步来判断距离。从这座建筑跑到接待区需要花多长时间？从这里到大门有多远？我的计算可能不准确。我已经超过十二个小时没吃东西了。

天黑了。我希望这座建筑里有牢房，这样至少能躺下。在希思罗，牢房不叫牢房，而是叫"房间"。希思罗的"房间"有少量床

（一般是两张，偶尔三张）、一个水盆、一个没有坐便器的厕所、高处窗户上安装的一些护窗栏，还有门上的一个监视孔。

我们走上一段很宽的楼梯，然后穿过一条明亮的走廊。一扇门开了。那门上没有监视孔，但有一块看似是钢化玻璃的东西。

“返回者1787。”一个卫兵喊了编号，把我带了进去。

那里不是牢房，但也不算房间，而是一个集体宿舍。里面没有床，有一些垫子。十二个垫子在地上排成两排。窗户上有护窗栏（临时加上去的，但看起来很牢固），没有水盆，没有厕所。

有十一块垫子已经被人占了，那些女人穿着睡衣——浅色条纹睡裤，配着不合身的淡粉色睡衣，躺在垫子上。这样的拘留服，我在希思罗也穿过。赶路的人是没有睡衣的，只有在这里待很久的人才有。我不愿去想这些女人在这里待了多久。

只剩下靠门边的一个垫子还空着。上面放着一条叠起来的睡裤，本来可能是粉色，但现在变成了灰色。我正要去那个垫子，身后忽然有人说话：“那是我的。”

是那个扯腕带的瘦而结实的女孩。

她肯定站在我后面不远，多半就在门右边那个凹进去的窗框处。我不喜欢这种惊喜。

好吧，一张床，两个人抢。

她弯下腰，全身紧绷。看起来是想和我打一架。

那些穿睡衣的女人不禁坐直了一些，这可是晚间娱乐活动。我之前打过架。任何一个监狱里都有不成文的规定。这样的一群人中肯定有个大姐头，一切都是大姐头说了算，她负责安排计划，决定惩罚。一般来说，你只需要观察就能知道谁是大姐头。观察大家的肢体语言，在房间里怎么坐、怎么站，坐在哪儿、站在哪儿；也可以观察某人行动之前旁人紧张的眼神。但这一切发生得太快了，我根本来不及判断。

不过我知道那个腕带妹要干什么。她在表明立场。她想以武力取胜。她想展示自己的胆量，绝不退让。她想融入这群人中。

实际上她很瘦小，就是苍白的一团皮包骨头，全是紧张带来的力量。你得敬佩这种力量，这种希望。但不幸的是，她没有信心可以完全发挥出这种力量。

“你随意，”我说着夸张地摊开手，指了指垫子，“我也不想在这里待很久。”

那个真正的大姐头笑了起来。她一笑就满嘴是烟。大姐头个子很高，是个精神十足的白皮肤女人，有着一头红褐色头发，穿着一套很合身的睡衣——我早该注意到才对，她是唯一一个衣服合身的人。

“好，”我心想，“现在我知道是怎么回事了。”

腕带妹泄气了，尽管大家都看着她，她还是回到了自己的垫子上换睡衣。我们都在找同样的东西：弱点。我看见了她白皙小巧的胸部。

我选了凹进去的那块地方，这样我可以跟大姐头说话，同时还能看到屋里的全貌。睡在地板上不是什么困难。有了地板，你就不需要把石头捡开。地板挺舒服的，但还没有舒服到让你忘记远行尚未结束。临近目的地的时候放松警惕很不好。我在临近开罗机场的时候就学到了这个教训。

我和衣躺下，衣服基本上已经全干了。

这块凹形窗没有窗帘，所以我能看见天渐渐地黑了下去，不过并不是完全的黑暗。外面有很多安全灯。

周围的女人传来睡着了的呼吸声，她们的呼吸声和那个男孩的不一样。我想念那孩子睡着之后的吭吸声。说不定他今晚睡着之后不会发出吭吸声，因为他没有石头了。也许，他和我一样，现在还醒着，看着外头被安全灯照亮的夜空。

我开始思考接下来的计划。

到了午夜时分我依然醒着，突然，卫兵冲了进来。他们打开灯，吹响哨子，喊道："起来！全都起来！"

大家都起来了。睡在垫子上的人都站到垫子旁边。卫兵开始点名，被喊到编号的人答"到"。

他们喊到我的编号时，我说："到。"

不到两分钟就结束了。卫兵走了，谁也没说话。我估计他们肯定每晚都会来点名，怪不得就连大姐头都穿着睡衣睡觉。

我改变了计划。

想要逃出这个地方，我必须在白天行动。

32 排队

早上，大家排起了队，我在队伍末尾。队伍里不只有我、有房间里那十二个女人，还有那条走廊上其他房间的人。门一打开，那些人就争先恐后地出去，而我动作不够快。没有人说出去是要干什么，但有些人拿着毛巾，我想大概是抢着使用卫生间吧。我估计卫生间只开放一段时间，如果排在队伍后面，很可能就用不了了。

把希思罗当作参考的话，卫生间大概只开放一小时或者一个半小时。说长也长，说短也短。

我曾以为时间很简单，就是计数，以一定的节奏嘀嗒嘀嗒地走过。但是我发现事实并非如此。

33 时间

从前，我用分、秒、小时来计量时间。比如上午九点，晚上十一点，或者更精确的二十二点四十七分。时钟时间。只需要按一个按钮就可以准确方便地看到，通常是按我的手机按钮。当我开始这趟旅程之后，时间发生了变化。它变得更宽广，成了日出日落。不再是计数，而是白天和黑夜。时间的节奏也不一样了。我心想，爸爸会喜欢这种新时间。

但就连新时间也开始不好用了。它不稳定，变成了很多不一样的时间。我一一给它们命名：

——慢时间；

——深时间；

——长时间；

——现在时间；

——羁押时间。

我第一次意识到慢时间是在麦罗埃那座沙漠的陵墓里，和砖头有关。那个陌生人和我，我们两个都拼命地想抢到那块砖头。不过还是我最先举起了砖头，用双手护住它，因为我非常生气。当然，也很害怕，但终究还是愤怒更多一些。愤怒让我变得强壮，可那个人也很强壮，因为他是成年人，而我只是个小孩。我躺着，他在我上方，所以重力方面他也占优势。不管怎么说，一开始砖头是在高处举着，离我远，离他近。

他当然想要自卫，于是抓住我的手腕，想把砖头砸到我脸上。

当时很慢，很慢。

那块砖头似乎花了一百年的时间才从他脸上转移到我脸上。在那段慢时间里，我清楚地看到了砖头上的每个细节（爸爸，即使在那个时候，砖头也很美），同时还想象出自己被砖头砸到时的各种场景。我想到很多血，想到混乱的场景，想到被砸之后可能没法说话和走路。不过我没想到之后发生的事情——在最后关头，我偏过了头，砖头从我嘴上擦过，撞掉了我上面一颗门牙的一小块。我还记得牙齿和砖灰的味道，也记得疼痛的味道，可我知道这其实不算什么。我喊了出来，砖头掉进沙子里，那人失去了平衡。他喝醉了。可能是喝醉了，也可能是嗑药了，总之不如我敏捷，所以我率先去捡那块砖头。这一次我使劲往上爬，尽可能地爬高，爬到他上面去，然后砖头再次落下。

落到他头上。

我总在想，对他来说，那一刻是怎样的？他体会到了慢时间吗？那块砖头是否花了一千年的时间才砸到他头上？或者事情并非如此？被砸之后，他说不出话了。

一开始，我以为这种时间变化是自然发生的，不能预料也无法控制，但事实并非如此。这是你去别样世界的另一个理由。在别样世界，你可以控制时间，甚至将它暂停。你可以专心致志地在属于自己的那片草叶上爬行，专心得足以让过去和未来消失，只剩下此时此刻。这就是现在时间。

在现在时间里，你不需要为过去负责，因为根本没有过去。在你身后的那片过去只是一片黑暗而已。你也不必做任何事情去创造未来，因为未来还没到来，而且前方也是一片黑暗。你完完全全在此刻，在现在时间的光亮中。

这就像站在宇宙的裂缝中，本该有人告诉你这一点，实际上却没人说。就连爸爸都没告诉过我现在时间的事情。

他也没跟我说过深时间的事情。你排队的时候深时间就很有用。深时间会让你想起宇宙已经经历了亿万年，如果把那亿万年想象成一条直线，然后把排队等待的时间放在那条直线上，你就会发现那根本不值一提。我在希思罗的时候用过这个办法，当时我在排队，等待和移民官见面，解决文件的事情。我等很长时间的时候就想象自己正处于世界初始那一刻，爸爸把这一刻叫作“时间的起点”，这就说明在那之前必然还有一段时间。时间之前的时间。时间尚未出现时的时间。正是这样的想法让我的脑子变糊涂了。当我的脑子变糊涂的时候，时间似乎就失去了所有的意义。我觉得这种感觉可能就像亲吻你爱的人，但是我从没遇到过。

总之，深时间体系十分有效。之所以确定有效，是因为我现在已经到了队伍前端。

34 水帘

卫生间有两个淋浴设施，每个都有一扇半腰门，可以关上，但是据我观察，不能锁上。进去之后，首选是右边那个隔间。我进去，脱下衣服挂在门上，然后站到淋浴下面，打开水。

水流了出来。

不热，也不冷。很温暾。

温暾也算是温暖的同义词吧。至少有点暖和。

爸爸，这水真是世界上最美好、温暖的水了。

水流充足，喷头是弯下来的，水刚好可以冲到我头上。它顺着我的头发冲下来，流到肩上，然后在我身上形成一片水帘。

我也不知道自己在这片水帘中站了多久。

也许只站了几分钟，也许站了一千年。这不是慢时间。这是羁押时间，因为一切都暂时静止了。我的心脏几乎都停止了跳动。如果我有肥皂的话，我一定会好好洗洗。但我没有肥皂，所以我就只是站在温暖的水中。

小树枝从我头发上掉了下来。

35 食物

我们拿到了食物。

早餐：黄油面包卷、黄油。

午餐：蔬菜汤、土豆、卷心菜、切得很大块的胡萝卜。

晚餐：大块面包、一点黄色奶酪，有时候加一个苹果。

我们坐在大厅里吃，里面的桌椅都固定在地板上。很多孩子也会在吃饭时间到大厅里来。

但那个男孩没出现过。

36 问话

我被带到问话室。里面有一张长方形的桌子，周围有四把椅子。放在桌子后面的三把椅子都有人坐着，我站在桌子前面的那把椅子旁边。

坐在正中间的首席移民官是个女人。她很瘦，穿着一身干练的紫色套装，闻起来有股梳洗干净的香味，左右两边各坐着一个穿海军制服的男人。他们三个都带着纳米网、纸张和塑料杯装的咖啡。咖啡的香味不禁让我心跳加速。桌子上放着我的环球护照，打开到了第九页。这可不好。第九页是世界公民信用页，你到了十五岁就必须填写这一页的内容。

那个女人启动了她纳米网上的记录工具。“我是移民局的琼·尚克斯，”她说，“此次对话始于，”她顿了一下，“十一点五十一分，基于《苏格兰移民局和联邦群岛法案》，并由国土安全部官员皮尔和麦克纳利监督。”然后她朝我伸出手说：“请出示手腕。”

她说得好像我可以把手腕取下来递给她似的。

“我叫梅丽·安妮·贝恩。”我说。

“我没问你的名字，我要看你的手腕。”

我伸出手，她将我腕带上的条形码导成某种我看不见的光束。

“返回者1787F。”苏格兰国土安全部的官员麦克纳利看着屏幕念出编号。

“请坐，返回者1787F。”移民官尚克斯说。

我没坐，只是站着。“我十四岁，”我说，“我是未成年人。我是苏格兰人。这些都已经通过检查了，我在希思罗的时候就通过检查了。”

“希思罗在英国，”移民官尚克斯说，“你现在在苏格兰。”

“是的，我知道。但是——”

“请专心回答我们的问题，”尚克斯打断了我，“你出生在阿伦岛，对吗？”

“是的。”

“你什么时候离开苏格兰的？”

“七岁的时候。”

“记录显示你是在六年九个月零四天以前离开的。”麦克纳利看着屏幕说。

“超过五年未入境，因此你是返回者。”尚克斯回答。

“返回者？”

“从海外返回的人，”尚克斯说，“我让你坐下了，返回者1787。”

我没坐。

她沉默了一会儿。“随你便了。”然后她又说：“皮尔阁下。”

皮尔清了清嗓子。“根据二〇四九年十一月二十二日生效的

《苏格兰大陆及联邦群岛领土移民法案》，离开本国五年及五年以上的公民，返回本国的权利会自动取消，等待后续通知。”

“明白了吗？”尚克斯问。

“不明白。”

“很简单，”她说，“你不能仅以出生地为由返回苏格兰。”

我猛地坐下了，椅子很硬。“那我要怎么才能回去？”我问道。

“要满足一些要求，”尚克斯说，“首先是你祖父母和外祖父母的出生地。他们四位都必须出生在苏格兰大陆或境内岛屿，如果是在境内岛屿，你就有资格获得同等效力的过境签证。”

我不知道“境内岛屿”是什么意思，从前就只有一个苏格兰。不过我爸爸的妈妈肯定出生在阿伦岛，我爸爸的爸爸大概也出生在那里。但是我不知道妈妈的父母出生在哪里，一直都不知道。

尚克斯继续说：“如果你祖父母和外祖父母的出生地无法确定——我们现在正在查证，那么你合法入境的权益不仅取决于你世界信用的积分，还取决于你对这个国家的适应能力。”

“我还没有积分呢，”我喊道，“我根本就没有积分。我才十四岁！我说了，我只是未成年人！”

“这点也需要查证。”尚克斯说。

“为什么？我七岁时离开的苏格兰，你说我离开了六年。自己算算啊！”

“我要警告你，无理取闹无助于你的企图。”

“我才没有什么企图，”我说，“这里是我的国家——苏格兰。我是这里的人。”

她敲了敲我的文件。“你是世界公民。如果你的身份无法确定，或者你的信用积分太低，你就会被送回最近一次登记居住的国家，你是在……”

“苏丹。”麦克纳利接着说。

“苏丹？”我惊呼，“苏丹现在正在打仗！”

“苏丹依然是世界公民（北赤道）宪章的签署国之一，”尚克斯说，“因此我们确定苏丹会接收你，毕竟你在那里居住了七年。”她说完喝了口咖啡，“如果苏丹不接收你，那么你就成了无国籍人士，这也是有规章可循的，不过那就和我们无关了。我们关注的是你的世界借记记录。请说一下记录的细节，皮尔阁下。”

皮尔阁下念道：“返回者1787违反了《苏格兰和联邦群岛贩卖法案》，因试图带一位身份不明的外籍人士非法入境苏格兰大陆而被拘留。”

他们说的是那个男孩，男孩和他含在嘴里的石头。

“你承认吗？”尚克斯问。

“他在哪里？”我问，不禁又站了起来，“他为什么从没来吃过饭？你们对他干了什么？”

“此事和你无关。”移民官尚克斯说。

“他是个孩子，”我喊道，“是个孩子！你们觉得他也十五岁了？”

尚克斯对着她的纳米网喊道：“保安，送返回者1787F回她的房间。”她又对我说：“你应该关心的是，带一个孩子非法进入苏格兰将面临最少二十五年的刑罚。很显然，我说的不是在监狱里蹲二十五年，而是你的寿命。如果定罪，你将在四十九岁时接受注射。当然了，世界信用页上的东西可以帮你减刑。”她给了我一张纸和一截铅笔。“好好想想应该在这里写什么。”

37 注射

爸爸说解决难题最常用的办法是注射。目前的难题是世界太热，人也太多。在南方，战争和饥荒害死了不少人，而在比较凉爽的北方则主要靠协议来解决安全问题。

爸爸说：“我在你这么大的时候，有人忽然建议说北方的人不可以活到超过某个特定年龄。一开始这个年龄被设为八十岁。当然，现在变成了七十四岁。人们认为这是节省可利用资源的唯一办法，这是有望让人类存续的唯一办法。可能有点难以接受。”然后爸爸顿了一下，又补充道：“梅丽，你知道我为什么每天都这样努力地活着吗？”

在全球寿命限制政策提出十年后，赠予寿命的想法成了现实。准确地说是赠予死亡，但这是出于爱。埃达·马林斯和约翰·马林斯就是个例子。埃达和约翰青梅竹马，他们知道自己能和对方白头偕老，但是约翰比埃达大两岁。也就是说，要是他在七十四岁那年满心感激地接受了注射，埃达就要过两年没有他的日子。埃达问：

“我可不可以将自己的一年赠给他？我保证在七十三岁那年接受注射，这样他就可以活到七十五岁，我们两个就能一起离开人世。”

这件事传到了北半球的全球最高法庭。法庭裁定，对地球整体而言，不管两个人都活到七十四岁，还是一人活到七十三岁，一人活到七十五岁，都是没有差别的，消耗的资源总数不变。于是，经历了层层保证条款后，马林斯夫妇的请求得以通过。但讽刺的是，约翰·马林斯一星期后就死于车祸。那时他才六十九岁，而埃达已签完了文件。她当然可以继续活到七十三岁，但是她选择立刻进行注射，这样他们就可以一同下葬（这一决定在全球引起了轰动）。此事被宣传成地球和人类的双赢，就此正式开启了寿命赠予的交易。

国家政府立即将这一观念加以拓展——尤其是拓展到了服刑人员身上。如果非暴力犯罪人员以折算寿命的形式服刑，对国家来说就省了很多资源（对全球来说更是如此）。

因此如果他们判我有罪——一旦判定，我就会被要求签一份文件，允许他们在我四十九岁的时候进行注射。我现在十四岁，四十九岁还很远，但是在深时间里却不远。

妈妈，这就意味着我要么开始填写自己的世界信用页，要么去找那个男孩。

还要有个武器。

38 武器

只要有时间、有目标，做武器其实挺简单。在被拘留期间，时间和目标都是有的。我在开罗机场被拘留的时候，见过一个人做了一把十字弓。他用了如下材料：

—— 六把牙刷；

—— 一个打火机；

—— 四个圆珠笔笔壳；

—— 一个铁丝衣架；

—— 半面取食物用的铝质夹子；

—— 各种电子元件；

—— 一些黄色橡胶手套的手指；

—— 一段绳子；

—— 一些螺丝。

子弹是用紧压的厕纸和铝箔做的。做这个弓的人——雅米尔——说它的射程可达十米，我从未见他发射过，所以不知道是不是真的。

在希思罗，武器的制作规模更小，但也同样危险。我见过以下武器：

——一把刀，用玻璃碎片做成，刀柄是用破床单和电工胶布做的；

——一个凿子，用塑料叉子做成，其中内侧的两个分叉被取掉，外侧的两个分叉被磨尖；

——一把刀，用纸做成。那人给我看了这把刀，说这是他用图书馆里《国家地理》杂志上的五十页纸做成的。首先把纸打湿，卷起来弄成刀的形状，然后撒盐、弄干，就变得十分锋利了。

这个拘留中心没有图书馆，所以我主动要求去厨房工作。因为除了自制武器，你也可以去偷武器。我觉得为了切菜炖汤，厨房里肯定有刀子。我想得没错。那里有锯齿状的小刀，末端是圆的，并不锋利，但可以磨尖。

我努力工作，干活很麻利。我切切切，顺便还到处看看。爸爸，我这些天看到了很多东西，你一定会满意的。

透过厨房窗户看到的景物和我从宿舍那个凹形窗那儿看到的景色完全不同。厨房窗户外面有一座大楼，那是一座用灰色石头砌成的方形大楼，有好多滑稽的灰色塔楼。以前也许是校长的办公室吧。窗户镶着窗框，是那种老式的十字形铅质窗框，所以看起来好像是一些栏杆，但其实不是。

“那座楼是做什么用的？”我问，“有塔楼的那座。”

“行政楼。”我左边切洋葱的女孩回答。

这个消息很令人沮丧。我不太可能有理由去行政楼。

“不是，”切卷心菜的女人说，“那座楼是用来关小孩子的，不是吗？十岁以下的。所以才没有栏杆，因为小孩子不会跳下去。”

这是个好消息。

我看起来像在把切成块的土豆装进大锅里，实际上是在看着窗外，完善自己的计划。那孩子还不到十岁。我尝试从建筑外侧分辨出其中的宿舍，认出窗边的孩子，但是根本就看不出来。这就很烦人了。我必须知道那孩子在不在那里，以及他到底被关在哪里。不光是要知道关在了哪一层，还要知道具体房间。如果真要去那座建筑，我没时间到处打听。也许他们把所有的小孩都关在大楼背面的房间里？我特别注意了正门和侧门的位置，还看到那些有人驾驶的大型卡车按顺时针方向绕大楼行驶，之后就绕到大楼后面不见了。是军用卡车，也是货运卡车。我记下了停车时间，每次都感觉停了很久。这说明停车场很可能也是充电处。卡车上没有驾驶员的话，我说不定可以趁机逃脱。

爸爸，我不光是看，我还听。在每天三小时的帮厨期间，我了解到一些3号女士楼里那五十二个人的情况：

——十九个女人将被驱逐出境；

——十二个人（包括我）在等待开庭；

——十四个人声称和孩子失散了；

——四个人自残；

——两个人因自杀而被监视；

——八个人在过去两个星期里被禁足；

——过去六个月，有四个人尝试逃走，只有一个人成功。

这个出逃的成功率实在不乐观。为了改变这个成功率，我必须时刻小心。

我要小心。

每天切完菜之后，我们一个一个地列队出去，需要把刀子洗干净，放进一个木头盒子里。有一个卫兵会清点我们的人数和刀子数，如果数量对不上，我们就要被搜身。

不过有一件事：把装好刀的盒子交回去之后，在被押送回房间之前，我们要在走廊上等着。这条走廊上有两排老式暖气片，是从前留下的，因此暖气片和墙壁之间有一块满是灰尘的空隙。

我觉得这是个解决武器问题的办法。

39 腕带妹

那个腕带妹叫菲诺拉。很抱歉我还是发现了。她也在厨房干活，不过她干活不利落，削土豆皮的时候经常把皮掉在地板上，因为她常常抽搐。也许是生病了吧，我不清楚。我猜是神经方面的病。土豆皮掉到地上很容易滑倒，这就给了我“机会”，妈妈说过这个词。她总说：“机会出现的时候就赶紧抓住。”

我站在菲诺拉旁边。今天她削土豆，我削胡萝卜。我看着她一抽一抽地干活。她刚一把皮掉到地上，我就说：“你还是把那些都捡起来吧，别人踩到会滑倒的。”

她把土豆皮捡了起来。

下次土豆皮掉下去的时候，我啧了一声。她再一次弯腰把皮捡了起来，不过我事先把其中一块皮用脚拨到了柜台下面很深的地方，藏了起来，可也没有深到等会儿够不着。我一会儿要用到它，等我们换班的时候我就要用。我端着最后一盆胡萝卜准备去炉灶上下锅的时候，踩到用脚拨出来的那块土豆皮上，滑倒了。

我踩到菲诺拉的土豆皮上滑倒了。

“哎呀——”我大喊一声，洗菜盆掉在地上，滑出去老远（我故意的），胡萝卜撒得满地都是。我捡起那块土豆皮冲着她挥手。

“对不起，”她说，“对不起。”她马上跪下收拾胡萝卜。

我站起来，检查了一下脚踝（没受伤），捡起洗菜盆，砰的一声把它扔到了灶台上（刚好把她的那把锯齿状小刀遮住），然后拿起洗菜盆（刀就装在里头），再次检查我的脚踝（把刀藏进袜子里），最后跪下帮她一起收拾胡萝卜。我们赶在卫兵进来押送大家回房之前把地收拾干净了。

我洗干净自己的刀，把它放回木头盒子里。

腕带妹找不到刀了。

“可能是刚才掉到地上了。”我边说边去了走廊上。卫兵正等着腕带妹找回刀子时，我趁机把刀藏到了暖气片和墙之间的夹缝里。

最终腕带妹没能找到那把刀，所以我们所有人都被搜了身。那些卫兵以最侮辱人的方式搜我们的身，他们检查了那些正常情况下绝不会看的地方，尤其是不可能藏刀子的地方。我很容易发脾气，不过我还是控制住了。妈妈经常这么说：“顾全大局。”牺牲小事，做成大事。就今天的情况而言，是得到一件现成的武器。

菲诺拉坚称自己没拿走刀子，她说她不知道刀在哪儿。卫兵不相信。他们把她送去了管理局，让她好好回忆回忆。

三天之后，我去取回刀子，把它拿到了宿舍。

我没有刻意把刀子藏起来。实际上，我直接在窗户的锯齿状铁栏杆上把刀子磨锋利。每个人都知道那是菲诺拉的刀，但是谁都没说什么。主要是因为我有刀。

大姐头倒是说话了。她说：“我们两个谈谈。”

这不是威胁，是邀请。她之所以这么说，是因为她注意到了其他女人对我的态度：她们尊敬我。或许还有点怕我。

“好，”我回答，“确实该谈谈。”我这么说只是为了跟她维持和谐的关系而已，但是我不认为我和她之间有什么有趣的事情可说。毕竟，大姐头会留在这个地方，而我，等刀磨尖之后我就会离开。

第二天，菲诺拉回来了。她看起来比先前更瘦了，也更苍白。她俨然和自己的金发一个颜色。我们知道，管理局会把人单独关起来，不给任何吃的，只给水喝。而且管理局没有窗户，看不到天空，也没有太阳。

到了晚上，她没有来找我抢回自己的垫子，而是就像老鼠一样安安静静地躺在那扇凹形窗户下面的地板上。她没睡着，我也没睡着。

“希望他们很快放了你。”我对着她的背影说。

这是真话。

并不是每个人都能玩这场生存游戏。

40 计划

我喜欢计划。

我喜欢清单。我很有条理，总是注意观察和倾听。我听别人说出口的话，也听他们没说出口的话。有时候两者之间藏着有用的东西。

妈妈过去常说："计划很重要。你知道我的，我很擅长做计划，但计划不是一切。生活不是下象棋，不会总让你先走一步，让你预测到终局。不！生活经常给你打曲线球。你必须随机应变，梅丽，要机智，随时准备改变计划，机会出现的时候就赶紧抓住。"

因此，当卫兵于下午四点三十分打开房门，出人意料地喊出我的号码时，我在十秒钟之内就穿好了外套，把菲诺拉的那把刀也揣上了。刀已经磨得很锋利了。

41 精神病医生

问他们要带我去哪儿毫无意义，所以我没问，不过我很快就知道了。我被带去了那座有塔楼且窗户没被封死的建筑，直接进入我花了很多时间筹划、思考并制订计划的地方。经过身份检查，又上了一段楼梯，我来到一间屋子外。门上写着“R.奈克，精神病医生”。卫兵敲了敲门，里头让我进去。

这间办公室很小：一张桌子，一把椅子。准确说来，是两把椅子。不是机构里常见的那种硬邦邦的椅子，而是很舒服的椅子，有边缘磨破了的针织软坐垫。奈克医生（没穿白大褂）有纳米网，不过他也有一柜子老式书籍，还有一壶让人心动的热咖啡。我仿佛已经尝到了咖啡的味道。

医生站了起来。他大约三十岁，乌黑的头发梳得整整齐齐，名字像印度人，长得也像印度人，说话却是一股浓浓的格拉斯哥口音：“梅丽，是吧？”他笑了笑。那笑容很真诚，甚至可以说是善良的。

“梅丽·安妮·贝恩。”我回答道。我极力忍住，才没对他回以微笑，但我没忍住，握了他伸出来的手。他的手温暖又干燥。

“我是奈克医生，负责这里的精神治疗，”他说，“坐吧。”

我坐了下来，不过还是没有放松警惕，背挺得笔直。

“要咖啡吗？”他问。

“好的。”我说。离开开罗之后我就再也没有喝过咖啡。在希思罗，咖啡被认为是攻击性武器。这倒是真的，只要够烫就行。

奈克医生给我倒了一杯，还问我要不要牛奶。

我要牛奶。

“你肯定想知道自己为什么会到这里来。”他说。

我确实想知道。这间温柔的屋子，还有这个和蔼的医生，让我生出一丝不切实际的希望。希望很危险。希望会让你相信那些本不会成真的东西，当你摔倒的时候，会摔得更惨。我学会了不受希望的诱惑。但是在这个现在时间里，我想说不定他们确定了我真的只有十四岁，并决定把我交给精神病医生或者社会工作者，这些人会用我原本的名字称呼我，让我住在没有铁栅栏的房间里，开着门，让我重获自由……

“跟你一起来的那个男孩子，”奈克医生说，“他绝食了。”

“绝食！”这消息比先前那个卫兵的警棍更有冲击力。

“对，是这样。”

“太傻了。”我说。

“傻？”奈克医生很感兴趣地抬起头。

“是啊。”

“为什么呢？”

“任何人饿坏了的话，一有机会就会吃东西，”我说，“你不这么认为吗？”

奈克医生在纳米网上做了条记录。应该说是做了两条记录。“我们认为他是在表达某种想法。”他补充道。

“是关于什么的呢？”

“关于你。”

“我？”

“对，就是你。我们认为这个孩子很想念你。”

“他是这么说的吗？”我小心翼翼地问。

医生笑了。“没这么说，但他确实是这么表现的。”奈克医生从文件上取下一页纸递给我。是一幅画，但不是那孩子在石头上画的那种难懂的画。这幅画很简单，是一张儿童画。上面画了两个人，一个女孩和一个男孩。有人指导你才会画出这样的画，他们可能会说：“你可以画出你的家人吗？”画上的女孩比男孩高一些，他们两个手拉手微笑着。或者应该说是在扮鬼脸。他们的嘴巴向后咧开，可以看到牙齿。两个人的上门牙都缺了一小块，看起来像是陪伴着彼此，但也像是要咬人。我想笑，不过没有笑出来，因为这幅画看起来挺悲伤的。或者不该说这幅画悲伤，因为不在画上的才是他真正的家人。此前我从未想过他的家人。他的父母、他的兄弟（如果有的话）、他的姐妹、比他年长一点的同辈，或者还有比他更小的孩子。他们都被从这幅现在时间的画中抹去，取而代之的是应他的需求而产生的新家庭。我也不知道是画中的什么东西让我忽然思绪万千，也许是因为那些没有出现在画中的东西吧。

奈克医生继续说：“其实他自从到这里来之后就没有说过话，一个字也没说，甚至不告诉我们他的名字，”他停了一下，“我是根据选择性沉默的准则来判断的。”

我第一次听说“选择性沉默”这个词是在希思罗，但并不确定“选择性”到底是怎么回事。说得就像能选择发生什么事以及如何反应似的。

“莫。”我说。

“抱歉，你说什么？”奈克医生问。

“他的名字叫莫。”

“穆罕默德的简称吗？”医生问。

“不是，”我说，“他就叫莫。”

“他姓什么呢？”

“贝恩，”我说，“跟我一样，他是我弟弟，”我停了一下，医生倒是没有很惊讶，“当然，不是亲生弟弟。他是我家收养的，我父母在苏丹的时候收养了他。”

医生那双褐色的眼睛平静地看着我。

“谁都不信，”我又说，“他们也不信我才十四岁。”

“你还未成年？”医生说。

“是啊，”我回答，“我在希思罗的时候就通过了检查，但是这边不承认。”

医生的长指头敲着键盘。

“至于莫为什么不说话，我也不知道，”我接着说，“在家的时候他话很多的。”

“啊，”医生盯着屏幕说，“找到你的记录了，但是没有你弟弟的记录。”

“他的文件被人偷了。”我说。

“能说说细节吗？”

我说了不少细节。我编了个动人的故事。从前有谎言，也有事实，现在不过是稍微挪动了一下这些事情而已。

我说完之后，医生说："谢谢你，梅丽，你帮了大忙。现在能不能再帮我做一件事？"

我说我很愿意。

42 游戏室

奈克医生带我进入旁边的房间。

那孩子就坐在房间中央那把红色的儿童塑料椅上，面前还有张红色的塑料桌子。我们进去的时候他背对着我们，没有回头。他右边的架子上有一些玩具：一套小火车、一排拿着塑料机关枪的玩具士兵、一群仿造皮毛的狼。地板上有一块色彩鲜亮的爬行垫，上面印着世界地图（北赤道）。玩具都没动过，他面前白色塑料盘里的食物也没动过。那盘食物里有土豆、胡萝卜、鸡肉。没错，鸡肉。烤鸡肉。有着浓稠的肉汁。肉汁已经凉了，结了一层皮，但我还是能闻到其中的肉香。我觉得并不是楼里的所有小孩都能吃到鸡肉，可能他们只是拿出鸡肉来引诱他吃饭。不过他坐在那儿的样子看起来像是在接受惩罚。他倒是没有拒绝喝水，他面前有个蓝色塑料杯，里面的水大概喝了一半。

此外，房间里还有股肥皂味。他们给这孩子洗了澡，给他穿上了新衣服。衣服是绿颜色的。绿色很好。绿色在远行途中十分有用。他们还给他剃了头。我这才注意到他的耳朵真是紧紧贴着脑袋的，我之前没见过他的耳朵。爸爸，他的耳朵真好看。

“莫？”奈克医生开口了，但男孩没有回应，也不奇怪，毕竟莫不是他的名字。所以他依然坐着，透过菱形格子窗户看着外面。天空是蓝色的。“我带人来看你了。”

没有反应。

“是我。”我说。

男孩转过身。

不过他没有站起来，没有起身迎接我。他显然也不打算过来拥抱我。他没有做任何医生意料之中的举动。

他只是看着我。

“你不吃东西是什么意思？”我说。其实我不是说出来的，而是吼出来的。“我说人不吃东西可以活三个星期，我说人可以光靠喝水活着，”我指指喝了一半水的杯子，“不是让你挑战极限，不是让你去试试看。有食物的时候不吃就是个傻子！”我喊道，“真正的傻子！”我走上前，用力扇了他一巴掌。

“喂——喂，”奈克医生说，“住手！不能打人！”

男孩没出声，一点声音也没有。他没有去摸脸上的红指印，也没有去看耳朵是不是青了。他的耳朵确实青了。他只是看了看医生，又看了看我，然后非常小心地切了一小片鸡肉，用叉子把它送进了嘴里。很慢，很慢地嚼起来。

“很有效，不是吗？”我对医生说，“是你想要的结果。”

医生低下头，在纳米网上写了点东西。好像写的是暴力，或创伤，或受过创伤。反正在希思罗的时候那些医生是这么写的。

男孩又切了一小块鸡肉。

“很好，”我说，“这就乖了。”我猜他妈妈说不定很聪明。我猜她也教过他要顾全大局。

我们看着他嚼食物，沉默了一会儿。

“奈克医生说你不肯说话，”我语气温和多了，“这也很傻。你在家一直说个不停，跟爸爸妈妈说。”

男孩盯着我，我也盯着他。

“你的文件被偷不是你的错，”我继续说，“你跟奈克医生说说，他会帮你拿到新的文件。一旦确认你是爸爸的养子，我们就能走了。去祖母家，在阿伦岛上，对吗？”

男孩没说话。

“喂，莫，我是你姐姐啊！你可以跟我说说话。”我提醒他。

沉默。

“他们是不是把你嘴里的石头拿走了？”我问。

沉默。

“是不是？”

男孩点了点头。

“哦，好吧，”我转向医生，“你们把他放在嘴里的石头拿走了。”

“什么？”奈克医生不明白，于是我解释了一下。

医生又在纳米网上写了点什么，我看到了他写的东西：慰藉物。

我走到男孩身边蹲了下来，眼睛平视着他，说：“如果只有我们两个会不会更好一些？”

沉默——但我们两人之间有某种共识闪过。

“要想离开这里，你必须说话，跟奈克医生说话，他需要填表格。如果他允许我们单独待一会儿，也许我们能想个办法？医生不在，你会说话的，对吗？”

“莫？”奈克医生说。

这是男孩第一次看向医生。

“你点头就行了。”我强调道。

男孩点了点头。

奈克医生说：“你必须保证等会儿和我直接交流。”

“你再点一下头就行了。”我又说。

男孩看了看我，再次点头。

“好吧，”奈克医生检查了一下纳米网上的内容，“五分钟后我要开个会，”他说，“可能会离开一小时左右，你们慢慢说。当然，新文件的事情我无法保证。我会锁上门。我知道这有点过分，毕竟我就在隔壁。不过规定就是规定。”

“没问题。”我说。

真的没问题，因为我们的出口不是门。

43 窗台

我一听到钥匙在锁眼里转动的声音，就立刻来到窗边，看了看外面。如果有排水管就好了，我很擅长攀爬。祖母总说："你像个猴子。"但是外面没有排水管，附近也没有，倒是有垃圾桶，而且是三个，基本上就在窗户正下方（不过不是特别正）。其中一个黑色的有拱形盖子，另外两个的盖子是平的，或者说拱起来的弧度没那么大。恼人的是，那个拱形的垃圾桶离我最近。垃圾桶上有个大大的红叉，还有标签写着："危险！请勿爬进桶内或在桶内睡觉，这可能导致重伤或死亡。"我可没打算在这桶里睡觉。我只想跳到桶上，不要摔倒，而且尽可能地不发出声音。

窗户当然是上了锁的，不过是很细的圆形插销锁。钥匙当然已经不见了，不过锁周围的木质窗框很软，还有些腐朽。我觉得用刀就能撬开，但我先割下了一块薄薄的灰色窗帘。

我压低声音，悄悄对男孩说："我想让你做几件事。"他专心地看着我。"首先，你必须把肉吃完，全部吃掉。尽可能多地喝肉汤，然后把剩下的食物放在这块布里。这是我们新的食物包袱，好吗？”我把那块窗帘给他，“把布系好，别让东西掉出来。”

男孩按我说的做了，而我开始撬锁头周围的木头。解决这把圆形锁花的时间比我预计的长，不过周围的木头又干又脆，很容易就裂开了。五分钟后，我晃了几下锁头，把它拔了出来。这时候，那孩子也喝完了肉汁，开始忙着把食物包袱的四角系起来。

“你真聪明，”我说，“居然想到绝食。”然后我又补充道：“而且还很勇敢。”

男孩的嘴边露出了微笑——当然，也可能不是。然后他摸了摸自己的耳朵。

“不过也很蠢，”我接着说，“别再绝食了，你要努力活下去，明白吗？”

他的嘴巴抿成一条僵硬的直线。

外面天还很亮，所以安全灯都关着。这是好事，这样更安全。我打开窗户，用窗上的老式金属支架固定好它，仿佛我只是楼里的员工，想要呼吸一下新鲜空气而已。然后我站到后面等了一会儿。万一这地方没人开过窗，我一开窗引起恐慌或者诱发警报就不好了。

还好没有。

建筑物后面的一切都很安静。我们现在就在这后面，窗户下面就是停车场，或者说是个生态电能停车场。我之前透过厨房窗户观察的时候就猜这后面是个车辆充电站，事实也的确如此。我现在可以看到十个用平面墙体隔开的充电装置，每一个都有亮黄色的线缆。有七辆车正在充电：两辆小轿车、两辆军用卡车、两辆货运卡车、一辆小货车。其中一辆货运卡车有三面包着钢板，另一辆则挂着帆布帘子，小货车也有帆布帘子，帘子边缘被棘轮夹固定着。不过我知道，夹子是可以打开的。

“仔细听我说，”我对男孩说，“我要从这个窗户跳出去。然后你也跳，我会接住你的，好吗？”

男孩没说话。

“只是看起来有点高而已，才三米左右——我们可以跳到垃圾桶上，看见了吗？”他紧紧抓着食物包袱走上前来，但看不到下面。窗台太高了，而他个子矮，根本就不能透过窗台看到下面。我把红色塑料椅子拿了过来，他爬上去看了看外面。

一阵沉默。

“没问题的，”我说，“你要相信我，”我顿了一下，“就像我相信你一样，对不对？”

他的小身板看起来僵硬且单薄。我又说：“记得你过河的时候吗？这次不比过河难。其实比过河还简单。”

他的身子往屋里靠了靠，一只手把食物包袱按在胸口，绿色的T恤上留下一个湿乎乎的印子。

“这个给我，”我说着把食物装进外套里，“你必须空出手来。”男孩没有外套。这是个问题，我稍后再考虑一下。

“好了，我先跳。”我把窗户全打开，爬到窗台上，然后坐了上去，双腿探出窗外。我犹豫了一下。也许再往右一点更安全？跳到那个平的垃圾桶上更好？要是我没判断对拱形垃圾桶的位置怎么办？我滑倒了怎么办？但是太晚了，我已经在外面了，必须得跳。我不想让那孩子认为我在犹豫，要让他有信心才行。

我跳了。

其实是我把自己从窗台上推了下去。脚先落地，但落到了拱形盖子的斜坡处。往下滑的时候，我右膝撞到了一条和垃圾桶顶部一样长的灰色金属。由此可见，我的跳跃能力不及攀爬能力。我的膝盖很痛，但没时间管它了，因为我还在继续下滑。现在这条灰色金属成了我的救命稻草，它就竖在垃圾桶的盖子上，我可以抓住它，紧紧地。我真的一把抓住了它，然后停了下来——声音停了下来。各种声音，真的很大。有我落地时的咣当声；有我撞上垃圾桶时，推着垃圾桶撞到墙上的声音，还有我心脏狂跳的声音，不过大概只有我一个人听得见。我四脚朝天地躺了一会儿，依然抓着金属条，没有叫出声。没人来。周围没人叫喊。一片寂静。我喘了口气，找了个表面不平的位置跨坐在垃圾桶上，仔细检查了一番，听着周围有没有说话声和脚步声。

只听到了鸟叫声。午后的空气中只有些许叽叽喳喳的声音。

垃圾桶盖是拱起来的，想要接住那个男孩我必须站着。所以我站了起来，左脚踩在那个金属条和垃圾桶盖的铰链之间，右脚踩在垃圾桶另一边拱起的地方上。

好了，现在该那孩子跳了。

我不需要告诉他该做什么，他自己就已经坐到了窗台上，脚摇晃着。不过他只是坐着，僵住了似的一动不动。我意识到自己刚才落地的示范很糟糕。

“快点，”我悄声说，“快点！”

他依然坐着。此时慢时间开始了，我看到了那孩子的脚底，准确说来是看到了他的鞋底，他们给了他一双新鞋子，是运动鞋，鞋底是锯齿形线条，抓地力很强。这是适合奔跑的鞋，如果他们懂的话，就该知道这鞋适合逃跑。我怀疑是不是医生给的，不过医生从来都不负责发放鞋子这种工作。再说了，要是医生知道这孩子要逃跑，他会再给孩子一件外套。我正这么想的时候，那双有着锯齿形线条的鞋子开始降落（其实我还在想，医生是不是捂住了耳朵，假装没听见垃圾桶咣当作响，因为我们就在他开会的房间下面——不过这么想有点离谱）。

那孩子跳下来了。他小小的身体抛向了空中。

锯齿形线条的鞋子降落得更快了，越来越快，它们朝着我直线下落，连同那孩子也一起落进我张开的双手中。他比我预计的重多了。接住他的时候，我唯一能做的就是抱着他站稳——我真的接住他了。

也许是惊吓过度，他笑了起来。

哈哈哈哈。

“闭嘴，”我在他好看的耳朵旁低声说，“不是闹着玩的。”

他闭嘴了，但还在笑。他挣脱了我的胳膊，从垃圾桶上滑了下去，像只猫一样跳到了地上。

然后他伸手拉我——就像过河的时候一样。

44 小货车

我也滑了下来，安全着陆。我拉起那孩子张开的手，把他拽到垃圾桶的阴影处，让他蹲着。我也蹲着。那两辆货运卡车就在不到二十米远处，但是中间这段距离仿佛雷区。我不知道有多少扇窗户可以看到这片空地，反正只要有一个人看着就完了。我只停了一小会儿。我们必须前进。奈克医生的这一小时很快就会过去。

“看那边那辆货运卡车，”我指着盖了帆布的那辆车小声说，“我说跑，你就跑过去，藏在前轮后面，好吗？”那孩子点了点头。

我又四下看了看。这份寂静简直诡异。

“好，跑！”

他跑了，我也跟着跑，跑到了墙边充电的地方。我看了一下时间，二十三分钟，还剩二十三分钟卡车就会充好电。但是驾驶员说不定会在充好电之前就回来。我尽可能地贴着墙慢慢前进，又看了一下小货车的充电时间，四十二分钟。太长了。不等充好电，奈克医生就有可能拉响警报，然后卫兵就会带着警犬和警棍出来。一切就都完了。

货运卡车更好，不过看到躲在前轮阴影中的男孩那么弱小，我才意识到卡车离地面太高。他能爬得上去吗？我能爬得上去吗？小货车肯定更容易爬。我可以把男孩抱进去，然后自己也爬进去。但是能等四十分钟吗？

脚步声出现了。

我蹲在墙和小货车之间，尽可能地缩成一团。来的是个男人。不是卫兵，也不是士兵，是个司机——是司机！至少不是穿制服的人，我心想。万一他现在就把小货车开走，我们没来得及上车怎么办？万一他把那边的货运卡车开走了怎么办？那卡车有十六个轮子，男孩就躲在轮子下面，他躲在足以把人压扁的轮子下面。

我想喊出来，警告那个孩子，但我没出声。我紧紧地闭着嘴，因为那人并没有朝卡车走去，而是朝轿车的方向走去。当他取下充电装置挂回墙上的时候，我努力藏到墙的更深处。片刻后，他就开车走了。

我看着他离开。

他驶向一个五米高的铁丝网围栏。我从这里看不到大门，不过我听见车子减速了。只减速了片刻，然后就离开了。他们只是看了一下他的文件，并没有搜查车子。也就是说我们可以逃脱。我们只要足够幸运，算准时间，跟上司机。还要保持冷静。

冷静？

我最终决定上小货车。棘轮夹的工作原理跟飞机上的安全带差不多，只需要把金属搭扣拔出来，带子就可以松开。之后，把帘子紧紧固定在车子底端的钩子也会松开。这个过程很短，但是我的心跳快到手都发抖，钩子在小货车的金属边缘上撞得叮当响。一个夹子、两个夹子、三个夹子，然后一小段夹子松开了。我把手伸到帆布下面摸了摸，看有没有足够的空间。空间足够。小货车里的东西一定是在这儿卸下去的，里面是空的。

我轻轻叫了那孩子，他很快就过来了。我抬起帘子一角。

“进去。”

我帮他爬上车。这个缝隙刚好够他爬上去，我自己则需要再解开后面一两个，或更多搭扣才能爬进去。

不过，之后我要怎么从里面把它们再扣上呢？

我解开一条带子，然后解开另一条。我也不知道为什么自己的心跳得这么快。我干过比解开金属搭扣可怕得多的事情，但那时候我的心跳平静极了。

现在，缝隙足够宽了——刚好够，我抓住固定帆布的带子爬了进去。车里面很黑，但也不是一片漆黑。顶篷是用一种奇怪的蓝色有机玻璃做的，光可以透进来。我又钻到外面——其实只是把手伸到外面，头尽量藏起来，努力把夹子扣好。前两个挺简单的，因为有足够的空间可以移动，但是每扣好一个，剩下的空间就越来越小，最后一个根本就扣不上。只希望司机是个观察力不那么敏锐的人。

我们等待着。

我和那孩子坐在有着奇怪蓝色顶篷的小货车里。除了我们，车上唯一的东西就是五个木质装货盘。也就是说，万一有人打开小货车的门，都用不着拿警犬来找人。我们就在眼前——一览无余。在希思罗的时候，很多人都在说藏在卡车里的事情，要注意什么，要避免什么，因为每个人都认识一两个死在卡车里的人。比如，有人被锁在冷藏车里，拼命敲门也没有人听见；或者有少年躲在两万份母婴杂志中，他很怕自己被狗找到，于是把杂志上的包装膜撕了下来，都堆在自己身上。狗确实没找到他，他却窒息而死，尸体都流水了才被发现。

我们等待着。

男孩有些坐立不安。他吸着自己的下嘴唇，舌头舔着碎掉的那颗牙齿。

“奈克医生给我看了那幅画，”我说，“画得很好。”我没提那种悲伤的感觉，他大概是知道的。

我们继续等待着。

又有脚步声传来，还有喊叫声和开门声。不过开的不是我们的门，也不是小货车驾驶室的门，是比开驾驶室门大得多的砰砰声，接着卡车门关了。到底是哪辆卡车呢？是有钢板的那辆，还是挂着帆布帘子、我们本来准备上去的那辆？无所谓了，因为司机要开车走了，而我们不在那车上。但我很想知道，也有必要知道，于是我用刀刺穿帆布。把刀往下划，然后横着划，弄出一个直角小缝，一个L形的开口，一扇可以看到外部世界的小窗户。

是挂着帆布帘子的那辆卡车开走了。我做了个错误的决定。那个司机坐在驾驶室里，发动机发出嗡嗡的声音。他摇下窗户，外面有人喊了一声。

是两声喊叫。当然，这就说明外面有两个驾驶员。两个驾驶员！

我把那块三角形的小布片放下，屏住了呼吸。我们这辆车的司机取下充电线缆挂回到墙上，然后小货车的门开了。司机上了车。他关门的时候小货车轻轻晃了晃，接着他发动了发动机。

我们要走了。

卡车转了个弯，小货车也转了个弯。

倒车，然后朝着围栏开去。我们在围栏处停了下来。继续等待着。等待着。

等了很久。但是我不能往外看，不能把那个小洞掀起来，不能打开通往外面的窗户。

当然了，这不是长时间，也不是深时间。但等待时间比刚才那辆轿车出去的时间长多了。我听见有人谈话，交谈的语气还挺友好、挺开心的。最终什么事情也没发生。等待只是因为排了个队，因为我们排在第二个，就在卡车后面。

栅栏抬了起来，门开了。

我们通过了。

45 高速公路

大门在我们身后咣当一声关闭了。

我同时想到了三件事：

——我们自由了；

——奈克医生麻烦了；

——我不知道我们要去哪里。

自由是好事，奈克医生有麻烦却不好，以后就没人信任他了。爸爸说："我们都需要让别人信任。"说不定奈克医生会想起自己来苏格兰的旅途，所以他理解？不过他带着一口格拉斯哥的口音，他可能一直住在这里？也许他父母从前代他走完了这段旅程？又或者是从前之前？也许他们从未告诉过他，当年他们冒了什么风险，又牺牲了多少。之后我想起了一个属于此地的印度裔男人以及一个不受欢迎的苏格兰女孩，再后来我转而去想我们要去哪里。

任何地方都有可能。

通常我都会提前想好，但眼下我意识到自己不可能想得更远，我已经耗费了所有力气，逃出了拘留中心。

现在怎么办?

我掀起通往外面世界的小窗，仿佛透过这块三角形的小帆布我就能给自己定位似的。眼前是一大片绿地，远处有些建筑物。没有地标，没有太阳，没有青苔，没有星星。没有任何东西能够表明我们现在前进的方向，不过我们肯定是在往北走。如果往南的话，就得把过边界那套程序重新来一遍。

不着急。

一次一件事。

我们只需要远离拘留中心，耐心等待十分钟，也可能是二十分钟。然后不管我们往哪个方向走，都必须跳车。我又开始在身上计数，到我的左手小指是十，到我的下嘴唇就是二十。在这之间的某个时候行动，大约在眉毛的位置吧，等小货车遇到红绿灯、岔道口或十字路口就跳下去。但不能在城市里，城市里人多，会引起很多问题。我们必须在乡村地区跳车。

第三根手指。

第四根手指。

我们一定是在往北走。

小货车减了速，然后加大了马力，这是在上坡，在爬一座小山。我往外看，前方依然是地平线。

很快我数到了眉毛，接着我看见了它。

或者说我闻到了它。

苏格兰。

不是我祖国的外围，也不是边境地区——而是真正的苏格兰。我的苏格兰。我童年时代的苏格兰。

它就像个幻境一样展现在我面前。三十公里的沼泽地，起伏的山丘，以及绿色、棕色、紫色和浅黄色相间的草地。不过主要还是绿色，十种、二十种，甚至上百种深浅不同的绿色。这是我在沙漠中无比渴望的颜色，是生机勃勃却遥不可及的鲜艳绿色。所有色彩和那股气味都变模糊了，那是令人难忘的气味（其实我已经忘了这个味道）：那是令人陶醉且心向往之的潮湿气息，是泥炭、空气中的雨水、地上的雨水、稍带咸味的水、潮湿的石头、饱含水分的沼泽地植物、欧洲蕨和石楠的味道。尽管我在城市里长大，上学也是在城市里，但我是和爸爸一起来这里的。我们到过这样的山丘，到过这样的土地。妈妈总是在工作，但爸爸和我，我们却四处走动。

爸爸说："你很能走啊，梅丽，有些孩子一走路就抱怨，但你不会。"其实我不喜欢走路，只是喜欢和爸爸在一起。我们出门的时候他会给我看很多东西，大的，小的。尤其是在阿伦岛散步的时候（每年夏天我们都在岛上散步），我们沿着他童年的小径行走：戈特山、科比特山、鸡冠山。

爸爸给我唱这些地方的歌时会说："这些都是圣地。"他有时候唱出来，有时候小声哼着。那是关于土地的歌。夜深的时候，我们在阿伦岛的邻居——彼得的爸爸——会拉着小提琴唱那些古老的歌曲。彼得是个比我稍大几岁的男孩，他会在科里的小港口用口哨吹出这些歌。这是关于归属的歌。有一首我记得最清楚——关于山、雾和离别，也关于返回。

我忽然置身于羁押时间中，深深地吸气，吸入土地的气息，吸入祖国的气息。这是鲜活的绿色之歌。

"看，"我对男孩喊道，"快看！"

他凑到帆布小洞上看。他看着这片午后的景色。片刻后，他就退回到昏暗的小货车内部，坐在装货盘上。一脸茫然，没有丝毫快乐。我见到了他所见的景物：山，只有山，无止境的山，陡峭的山，不断从眼前掠过的山。

实在有些强人所难。

我绿油油的湿地，我意料之外的出生地。这里和他的祖国截然不同，他的祖国满是沙地和尘土。那个地方现在已经很热了，而且干旱到无法生存。但无论如何，那里是他爱的地方，那里有他金色的童年。他金色的梦境，他独一无二的幻境。

我放下小窗。

我沉默了一下说："我们准备往下跳了。车子一停就跳，你要准备好，知道吗？"

他点点头。

我们等待着。

但是前面的卡车没有停，甚至根本就没有减速，反而开始加速。我们离开了曲折的乡村小径，走上了一条更加平坦笔直的大路。两车道的乡村公路变成了三车道的大路，一条高速公路。很快车子就以每小时七十公里的速度跑了起来。我们错过了机会。片刻之后，我们经过了一个路牌。

我们正朝着格拉斯哥前进。

46 城市

小货车到达城市外围的时候天都快黑了。

我们飞快通过起伏的建筑物组成的地平线，既从上面飞过，又从底下经过，也从通道里穿过。在我小的时候，格拉斯哥似乎还没有这样环绕复杂、直通市中心的高速公路。这条路绕来绕去，最后出人意料地连接到一条真正的街上。抬头看的话，格拉斯哥教堂那昏暗的塔尖就在头顶。现在我又是城里小孩了，沿着丹尼斯敦附近的街道步行上学，看着刺向天空、黑色长矛一样的教堂塔尖来确定方向。

小货车减速了，男孩跟我一起透过三角形的小洞往外看，不过教堂的塔尖并没有吸引到他。没有。吸引到他的是外面的吵闹声、叫喊声、脚步声。

他只看了一眼就想去撕那扇窗户，把小洞撕得更大，让外面的视野看起来更开阔，因为他看见了，也听见了。

人。

数百人。

城市里的这个区域非常热闹，但是我小时候总觉得这里空旷极了。

人群拥挤，熙熙攘攘。

仿佛我远行途中见过的所有人，成千上万人都聚集到了这条街上。这些人不是普通人，不是过着日常生活的城市居民，不是来购物、谈话、等公交车的。不是，他们列队走过，是长途跋涉的人，是一群衣衫褴褛的年轻人、老年人、一家人、远行者、野蛮人，是像我和男孩那样的人，所有人都低着头，步履沉重地走着。

他们要去哪里？为什么有这么多人？那些人到底是什么时候关闭了边界？说不定这就是他们关闭边界的原因。也许除了我们看到的这些人，就再也没有其他人穿过低地了，只是等他们到了这里时，他们被管制了起来，集中到一起，沿着越来越狭窄的街道行进。

他们的队伍稀稀拉拉，但确实是排成了一队。前头是大部队，人多得都从人行道上扩散了出去，扰乱了交通。队伍十分壮大，招来了呼喊声和投掷物。路两旁房子里的居民从窗户里探出头来大喊大叫，他们朝那些人身上扔东西，有玻璃瓶、空锡罐、晾衣架、旧鞋子等。三楼一个女人拿桶从窗户那儿倒了些东西。我也不知道桶里装了什么，但是我想起从前历史书上的图片，当时城市居民没有洗手间，只能把便壶里的东西倒到街上。那些远行者甚至没有抬头看，也没有躲避和保护自己的意思，他们就这样走着，仿佛已经习惯了这种行走方式，仿佛根本没必要去做出任何改变。有时候队伍中的小孩子会被东西砸倒，就有人把他（她）拉起来，然后拽着他（她）继续走。他们就这样走着，仿佛前面某处就是目的地一样。

小货车驾驶员朝着那些被挤出人行道上的人按喇叭，接着他喊了起来。

男孩依然在往外看，割开的那块帆布被他紧紧捏着。他专注地看着这混乱的场面，就跟我看苏格兰群山时一样。只不过我看的是绿色的景物，而他看的是棕色的景物，看上去仿佛有半个非洲。人们从男孩那个金色的世界里来。棕色的脸，黑色的脸。他看着这些人。每个人都有可能来自他的故乡。他看着他们的头发、他们的身高、他们走路的姿态，从人群中分辨每一个人。他看着，找着。他身体绷得紧紧的，呼吸急促。他进入了自己的现在时间。别的一切都不存在，他只置身于这一刻。

突然，他本来紧紧握着的手伸到了帆布下面去，用力拉着棘轮夹，把它们拉断了，然后去拉帆布帘子。

“干什么？”我叫道，“你干什么！”

话虽如此，但我明白问题不该是“什么”，而是“谁”。是男人？是女人？还是一家人？是他的家人吗？也许从他那幅画上消失的家人并没有失散，或者没有完全失散。还有哥哥？姐姐？表兄妹？他到底看到谁了？我的心跳向来平静，此时却激烈得如同翻跟斗。

货车帘子还夹得很紧，不过他已经准备钻出去了，先伸出了脚。

我说：“别去，别去——太危险了。”其实，现在车子被人群堵住，根本没怎么动。

他也发现帘子太紧，于是扭着身子，想努力从下面钻出去，不过没掌握好平衡。我知道他会摔，他也真的摔了，手腕被帘子上的一条带子给缠住了。

“不行！”我大叫着抓住他的手，想给他解开。我的动作完全是条件反射，他可千万不能被车子拖着在街上滑行！

就算小货车慢得快要停在街上了也不行。

我把他的手腕从带子上解开了，但依然拉着他。我拉着他不准他乱动，不准他去街上。然而最终还是重力获胜了——虽然他不算重。但靠着那点重力，他还是从我手中滑出去，摔到了拥挤的柏油马路上。

没人发现。

只有我知道。我发现他没有像往常一样站好之后就朝我伸手。他站起来，没有回头看一眼就跑了起来。

47 外国人

没办法，我也只能跟上他。

我身形比他宽，所以必须等到再解开一条带子才行。不，是两条带子，它们落到小货车的底架上时咣咣作响。司机完全没有察觉，车厢里的声音和街上的噪声混在一起。我也比他高，所以腿伸出去跳到路上也比较容易。我落地很轻，没人发现。

街上有成百上千的人，不过我轻易就能看见那个男孩，因为他在跑。如果你想消失在人群中，就必须和周围人的步调保持一致。我是在开罗学会这点的，当时我正被人追着。只要你能冷静下来慢慢走，就没有人会发现你。

但男孩并不是想要消失在人群中。此时他并不是被追赶，也不是想逃走。他是想跑向人群。所以我也追着他跑。我从人群中挤过去的时候有人骂了起来，不过我还是一直追着他跑。

还好不远。

他追上一个高个子女人，那女人穿着一身曾经光鲜亮丽的长袍。这长及脚踝的袍子对眼下的天气来说似乎太薄了，而且下摆沾满泥巴。她的头发盘在头顶，脖子上松垮垮地围着一条橙色围巾，围巾边缘坠着一串银色小圆片，她一走动就叮当作响。男孩叫了出来。他没说话，只是哭喊着拉住她的裙子。

那女人转过身。

她怀里抱着一个瘦长的婴儿。她看起来太老了，应该不是孩子的生母，但那个婴儿在吮吸，努力想吃到奶。那女人把婴儿松松地抱着，仿佛没搞明白似的，不知道孩子到底想干什么。仿佛她已经没有奶水，没有营养物质可以供给孩子，只有个女性的外壳。她之所以在走动，只是因为她的腿和脚一直在走而已，无须有什么指示。

她把裙子从男孩手中扯开。动作并不粗暴，只是平静地一扯，仿佛那孩子不过是众多需要克服的难题之一，仿佛她是把裙子从小树枝上或者带刺铁丝网上扯开。他们沉默着对视了片刻，但那一点时间足够引起旁边那个男同伴的注意，他回头看到底是怎么回事。他看到那个男孩的时候喊了一声，那种语言我不懂——从他的表情来看，但男孩能听懂。总之不是正常的叫喊——更像是你要吓跑一条流浪狗时喊的声音。接着他们转过身，继续走。

而那个男孩呢，他倒了下去，倒在地上，在人行道上蜷成一团。

周围的人很生气，他们只得从他身边绕过去。他挡路了。

“起来。”我说。

他没动，依然蜷成一团，握着拳头捶打地面，哭泣不已。不是砸美丽的石头时那种气愤的哭声，而是像个小男孩一样哭泣，打嗝似的小孩子的哭泣。那是和他妈妈给他的那件背心相称的哭泣。他妈妈大概也有一条橙色围巾，边缘装饰着银色小圆片。

“起来。”我又说。

“是啊，起来！”另一个女人从我们身后经过的时候也这么说。她个子很小，身体壮实，背着一个包，拿着一个钱包和一串钥匙。是房子的钥匙。是通往安全的钥匙。“起来，你这小鬼。”

“别管他，”我看了她一眼，“他自己知道起来。”

那女人对我笑了一下。“垃圾桶在那边，”她说着指了指，“在这个国家，那就是我们扔垃圾的地方。”然后她大笑着走上台阶，打开房门，又重重地关上。

48 墓园

男孩站了起来。

他的脸上满是泪水，鼻涕都流了出来。我用外套袖子擦了擦他的脸。他看起来很小，现在我总算发现了，他还很脆弱，或者可以说是崩溃。他抖个不停。我脱下外套裹在他身上。衣服对他来说太大了，不过他不再发抖。

“走吧。”我说。

他走了。走路可以让他暖和起来，也可以让我暖和起来，现在我胳膊上都起鸡皮疙瘩了。

我们跟着大部队走。不需要问我们要去哪里，很快就知道了。我比较希望去教堂。那里有某种完整的东西，在巨大阴沉的建筑物里过夜会有安稳的感觉。教堂现在已经点了灯，但还是很阴沉，或者说是有阴气。祖母经常说这个苏格兰词：阴气。柔和的黄色太阳能灯泡没能让黑色的石头亮起来，好像这座建筑因为拒绝投降而被烧过，这是来自从前的、烧焦的断壁残垣。

教堂不是我唯一关心的东西，我还注意着任何一个穿着鲜亮衣服、围着带银色圆片的橙色围巾的女人。我一边留神听着周围叮叮当当的声音，一边紧紧攥着男孩的手。

只是以防万一。不过我真的不知道我到底是更担心那孩子，还是更担心自己。

我们走着。

我正想着我猜对了，是去教堂的时候，队伍突然往右转弯，然后我看到了一开始就一目了然的东西。我们朝着墓园走去。

死人的城市。

对于这座位于市中心的墓园，我知道不少，但不一定全有用。我知道如下的事情：

——这里埋着五万多人；

——绝大部分是男性；

——尸体埋在超过三千五百个坟头和陵墓里。

爸爸没跟我说这些事，是斯佩里小姐告诉我的。斯佩里小姐是个女巫。至少在我们第六小学，大家是这么说的。之所以这么说，部分是因为斯佩里小姐只穿黑色，画着粗粗的黑色眼线，留着及腰长的黑发。但更主要的原因是她不分冬夏地戴着手套——黑色蕾丝的无指手套。细细的蕾丝像蜘蛛网一样盖住她的手腕和手背。她不光是我们的老师，还是墓园的志愿守墓人，每年她都带我们去看那些坟墓。她经常谈论植物和各自的象征意义，很多人都没听，但我听了。我立刻就想起白杨树的意思是哀悼，墓碑上刻着的花环意为“战胜死亡”。

作为一个小孩，看着这些坟墓，知道很多人被埋在这里，“战胜死亡”这话似乎并不可信。但是现在我可能明白了斯佩里小姐的意思。

坟墓周围布满生物。

49 科林·邓洛普之墓

墓园门口有棵樱桃树，正在开花，或者说刚刚开完花。但是依然很漂亮，爸爸，风把大部分粉色花瓣都吹到了路上。在黑暗中，花瓣看起来是白色的。

现在天已经黑了。

坟堆出现在我们面前。有层层叠叠的纪念碑，方尖碑和雕像的黑色轮廓，地平线上的高塔、圆顶、尖塔（看起来更苏丹化，而非苏格兰化），还有陵墓起伏的顶部和十字架。

“都挤在一起了，”正如斯佩里小姐多年前所说，“这里很容易迷路。”

就算有地图，这里也很容易迷路，斯佩里小姐每次都给我们地图。小路绕来绕去，看起来是环形，但其实不可能回到起点。它们蜿蜒着绕到山上，转弯和之字形路多得吓人。我现在还记得，当时我凭想象在墓碑上做了记号，把它当作路标，但转个弯它就消失了，或者落在新地平线的后面。当时还是在白天，当然了，斯佩里小姐只在白天带我们来墓园。斯佩里小姐喜欢这座墓园，我却觉得这里阴森又孤独。

现在这里不孤独了，黑暗因人群的到来而充满生机。这些人把坟墓当成了避难所，他们在纪念碑的尖顶上挂上防水布，再把它们挂到断翼天使和石头宝剑上。他们砸倒陵墓门，或者爬到坟墓顶上。也有些不合群的人——他们独自去单个的墓碑后面，但是大部分人都聚在一起。他们准备一起过夜。有些人带了毯子之类盖的东西，有些人没带。也不知道他们已经在这个城市里搭帐篷生活了多久。

这个黑漆漆的地方唯一的光就是太阳能手机屏幕发出的奇怪的光以及周围零零星星的火光，光照亮了火堆周围的几张脸，空气中还时不时地传来烧煮食物的味道。肉的味道，但我不想说是哪种肉。想起男孩的鸡肉还包在窗帘布里，揣在我的外套里让我觉得很开心。至少今晚我们不需要去抢夺食物。

我们跟着人群往坡上走。一直走是因为在斜坡下方，所有能用的地方都被占了，所以我们不能停留，尤其不能在火边停留。每一堆篝火旁都有守卫，只要有人停留在火边，他们就会呵斥。有些人说的是英语，但大部分人都不说英语。不过否定的意思却很容易理解。

“跟紧我。”我对男孩说，其实我一直拉着他的手。我们继续往上走，不一会儿，低处被占领的原因就显而易见了。越往高处走，空地越多，风也越大。我们之前在外面露宿过，今晚也没问题。人流越来越少，在一个道路的分岔处我拉着男孩往右边走。右边的路上没有火光，所以那些怀着希望的人都往左边走了。

我们经过了几个只有一个占据者的墓地，可我不想跟人凑合，也不想去碰机会。我希望找个只有我们俩的坟墓。

我又想起了麦罗埃，想起了两个人在一座坟墓里栖身，后来又发生意外的事情。

我们的眼睛现在已经习惯了黑暗。当然，并不是完全黑暗，因为我们身后格拉斯哥的市中心就像另一个世界一样闪亮着。灯光从成千上万的窗户里透了出来。它们因技术的发展而明亮，因被电力和电器联系起来的生活而明亮，而那些电器则共同连接到我很久都接触不到的电源上。我想象那些人住在温暖的房间里，按一个按钮之后所有电器都会开始工作，冰箱里有食物，水龙头里有水，点击一下，他们的朋友就会出现（他们的朋友！）。我内心有一部分希望返回那个明亮的世界，感觉就像爸爸的故事书里那个脸贴着玻璃的小女孩，那个受人排挤的孩子，那个在冬天的夜晚看着可望而不可即的温暖炉火的孩子。但我再看的时候，发现格拉斯哥的火光并不是温暖的橙色，和墓地里的火焰不同，和火窝子的火焰不同。格拉斯哥的火光很可怕，是电的，是霓虹灯。很奇怪。我不知道自己能不能在那个地方找到慰藉。

可我去不了那边，我只能在托尔克罗斯的科林·邓洛普的坟墓边。我觉得这是个不错的坟墓，它在一条之字形路的三角地带，所以有可能从各个方向受到攻击（假设会受到攻击）。不过实际上，右边的坡道陡然降了下去，而那边的挡土墙比绝大部分人都高。攻击者必须得爬上来才行。这块地方至少环绕着八根低矮的柱子，看起来像天然屏障。屏障内似乎是块适合休息的地方，一块低矮的奇怪墓碑上刻着邓洛普家族成员的名字，但是字太小了，在黑的地方看不清。墓碑当然很冷，但不像土地那么潮湿。它又宽又平，足以躺两个人。

“过来，”我对男孩说，“就在这儿了。”

50 塔

我们坐在墓碑上。我其实有点犹豫该不该坐在科林・邓洛普的坟墓上，但也只犹豫了片刻而已。科林和他的家族成员都去世了，而我们还活着。墓碑上的寒气像冰一样穿透了我的裤子。

我说："食物。"

男孩把外套拉链拉开，拿出窗帘布。布已经油乎乎的了，食物也压扁了。我把这些东西分成两份。我想把其中一半直接放回布里，保存起来，好好保存，留着第二天早晨吃。但这样的话，食物不够吃。我给男孩一半，其实是一多半，因为有五个胡萝卜圈，我给了他三个。这个胡萝卜圈让我想起了腕带妹菲诺拉，她会在拘留中心，温暖又安全地吃着晚饭。我莫名地觉得有点嫉妒。

"吃吧。"

男孩吃着东西，我也吃着。鸡肉里还有些肉汁，但是吃进嘴里就只有窗帘布上的灰尘味。爸爸，这肉依然好吃。

我们从挡土墙一根柱子底下的水洼里舀了点水喝。我先尝了一下，免得里面是尿。还好是水。喝的时候我想着今晚要不要去找个水壶，或者偷个水壶。但是那样太危险了，尤其是因为得离开男孩。

外套就更麻烦了。我们只有一件外套，现在有三个选择：

——我盖；

——男孩盖；

——把外套铺开，我们两个一起盖。

一起盖的话，我们两个就必须要躺在一起，紧贴着彼此。我觉得还是给他盖好了。而且，寒冷可以帮我保持清醒，今晚要是睡着的话可能会不安全。

我把男孩拉到墓碑上。“睡吧，明天要走更远。”

他躺下，但是并没有像平时一样马上蜷成一团。他平躺着，面朝上。他翻来覆去，转了几下。我想可能是因为没有枕头，硬邦邦的石头硌着他的脸。不过后来我听到他在吮吸自己的牙。原来是没有了石头。

“嘘，”我说，“嘘，安静。”

他安静了。

我绕着他走，绕着坟墓走，巡视我自己的领地，仿佛我是自己那个城堡里的卫兵。

城堡。

越来越黑。

越来越冷。

照亮教堂的灯光熄灭了，格拉斯哥城内窗户里的灯光也逐渐熄灭了。

我搓搓胳膊和腿，把手夹在胳肢窝里，这是在沙漠里学到的。

胳肢窝不像身体的其他地方一样容易散失热量。

我集中精神。

我想着墓园入口处那棵开花的树。我在脑海中想着它粉白色的花瓣。我很好奇，现在不是春天，它为什么会开花。我大声说：“世界很美丽，爸爸。”

我累了。我坐在科林的坟墓边，背后没有倚靠的东西，所以坐着很不舒服。我在墓碑有雕刻的一面躺了一会儿。墓地里还有很多噪声，人们在走来走去。可能还有人进来。

我一定不能睡着。

这样躺着看天感觉很奇怪。天空本该是黑色的，但其实不是。天是蓝色的，很深的蓝色，可依然是蓝色。那些纪念碑是黑色的，看起来像是朝我压下来。它们环绕在我的视野周围，其中一个几乎就在我头顶。

那是一座塔。

那是一座顶部有雉堞[①]的黑色塔，看起来像个巨型胡椒罐，又像是城堡中间的那座黑色塔。仿佛我不知用了什么办法穿过了锁住我恐惧的重重墙壁和门锁，来到了中心，一切的中心。

在城堡中心塔的锁周围，我能听见某种微弱的尖叫声。

或者可能是某种叮当声。

小小银色圆片的叮当声。

现在，除了不断逼近的塔，还有女人。两个、五个、十个。黑皮肤、高个子、围着橙色围巾的女人：沉闷的橙色，明亮的橙色，鲜艳的橙色，无图案的橙色，有图案的橙色。所有围巾的边缘都有

① 又称齿墙、垛墙、战墙，是有锯齿状垛墙的城墙，守御者在反击攻城者时可借以掩护自己。

小圆片。银色金属的叮当声更大了，仿佛有力的手掌——戴着银色指环的橙色手掌——朝我伸过来，或者说朝那孩子伸过去。那是很多双叮当作响的手，两双、四双、六双，所有的手都朝那熟睡的孩子伸过去。那些手把他拉起来，拉离我的身边，朝着蓝黑的夜色中奔去。

接着又传来了尖叫。真正的尖叫，不是那种微弱的尖叫。

不是那些女人的尖叫。

是我。

我尖叫起来。因为不知怎么回事，我居然睡着了，现在我醒了。我睁开眼睛。我梦见了那些女人，梦见了橙色的围巾和银色小圆片。

但我没梦见那孩子消失。除了我，墓碑边已经没有人了。

那孩子不见了。

51 鬼魂

我坐了起来。

我没有尖叫，尖叫也是在梦里。我很庆幸自己没有尖叫。尖叫太蠢了。

再说了，那孩子多半只是暂时离开一下。

比如说，起身上厕所。穆罕默德在沙漠里的时候也这样，这种事并不是不可能的。

但是我看不到他。

如果你想要小便的话，多半会藏在墓碑后面，对吧？就算夜里也不例外。他不会走太远的。

我站了起来。

“莫，”我喊道，“莫。”可是喊“莫”也很蠢，他名字不叫莫。但我还能喊别的什么吗？何况他认得出我的声音，他会回应我的。

“莫！”

没人回应。

“莫！”

没人回应。

在偌大一座黑漆漆的墓园里，我去哪儿找人呢？

我必须留在原地。他会回来的，肯定会的。不管怎么说，他知道自己该回到哪里。他知道自己要找什么。

找我。

找那胡椒罐一样的塔。

找托尔克罗斯的科林·邓洛普的坟墓。

如果他之前认真看的话就好了。可是他没认真看，至少不是我说的那种认真。

但他不可能是被人带走了。

不可能的，那只是噩梦。如果有人强行带走他，他会呼救的。我就会听见声音，感觉到动静。

所以他不是消失了。

他不可能就此消失。

“莫！”

也许现在我确实是在尖叫了。如果他不是被人强行带走的呢？会不会是那个围着鲜亮橙色围巾的高个子女人来了，他期待的那一个？所以他才主动离开？她只要伸出手，男孩就拉着她？又安静又温柔。头也不回地走了？

不，晚上不会这样，没有人会在晚上这样四处找人。晚上找人很难，晚上更容易走丢。

“莫！”

一团阴影动了动，有什么人或者什么东西穿过黑暗朝我走来。

是个小东西，裹着白毯子，像个鬼魂一样。是个孩子，和男孩差不多高，不过从头到脚都是白色，准确地说是粉白相间，仿佛樱桃树上的花瓣全都落到了他身上。那个身影不断靠近，我没动，也动不了。一段时间过后，那个粉白相同的鬼魂走进一片月光之中。

是男孩。

“你去哪里了！”我尖叫着。

那鬼魂似的花瓣其实是羊毛毯，一条织得很奇怪的粉白相间的毯子。看起来是手工织成的，是某人用爱织成的。他裹着那条毯子，面带微笑。

“你干什么去了！”我喊道。

男孩睁大了眼睛，然后张开嘴。他嘴里有一颗白色的小石头。他咧开嘴笑了，露出那颗缺了一块的牙齿。

“你去找石头了？”我大声说，“毯子是怎么回事！”

“我给他的。”一个女人从黑暗中走了出来。刚才我一心关注着男孩，居然没有看到她就站在男孩身边的阴影中。当然，我以为她会围着缀有银色圆片的橙色围巾，但是她没有。

她戴着一副黑色蕾丝的无指手套，细细的蕾丝像蜘蛛网一样盖住她的手腕和手背。

“他迷路了，”斯佩里小姐说，“我找到了他。”

52 斯佩里小姐

至少我认为那个人是斯佩里小姐。可实际上，我只看清了那双手套。很多人都有蜘蛛网似的黑色蕾丝无指手套，但是他们不戴。我有生以来从未见过斯佩里小姐以外的人戴这种手套。这种手套并不是从前的东西，而是来自从前之前。

我不敢肯定。

我问："是你吗，斯佩里小姐？"

对方沉默了一下，接着那个女人往前走了一步。那双戴着蜘蛛网手套的手上拿着一个黑色塑料袋，袋子里装着很多手工织成的毯子，都溢出了袋口，她仿佛是个近代的圣诞老人。她眼睛周围有一圈黑色（可能是灯光的原因，也可能是没有光的原因），头发是灰色的。长长的头发打了结，乱糟糟地垂到腰际。以前斯佩里小姐的头发总是很整齐，整齐的黑发。不过已经过去很久了，很久很久了。

"你是谁？"她说。

这个问题无法马上回答，也很难用三言两语说清楚。这种问题在你填写环球护照信用页的时候尤其难以回答。我是：

—— 一个苏格兰人；

—— 一个返回人员；

—— 一个孩子（属于未成年人）；

—— 一个非法入境的难民。

而且根据提问的人不同，这种问题的答案也大相径庭。我现在是在午夜时分的墓园里被一位女巫提问。

“我是梅丽·安妮·贝恩，”我说，“你曾经教过我，斯佩里小姐，在第六小学的时候。”

那个女人摇摇头。“教书吗？不，你可能搞错了，”她说，“我叫科林达，科林达·李。”

这个名字我有印象，仿佛来自过去的铃声一样在我脑中响起，但我无法准确地找到那个铃的位置。

她沉默了一下，又问：“梅丽，你也迷路了吗？”

这个问题也很难回答。毕竟，迷路也分很多种，比如：

——在山坡上、棚屋里、坟墓里过夜；

——偷了东西、骗了人、撒了谎，内心却毫无愧疚；

——用砖头砸死了人，却只想着那块砖头；

——忘了如何哭泣。

此外，你还梦见有人带走了一个小男孩，于是前所未有地吓得醒了过来。

“没有，”我回答，“我没有迷路。我要去祖母家，她家在阿伦岛。”

这个回答听起来就像：“我是小红帽，我披着红色的斗篷去森林里的祖母家。”

大概正是由于这个原因，她回答：“我带你们去吧。明天，我开车送你们。明天你们直接来找我就好，大家都知道我住哪里。科林达·李，吉卜赛女王。”

她说完就走了，临走前还不忘给我一条她自己织的毯子。

53 科林达·李

早上我想起一件事，我没说谢谢。科林达·李给我的那条毯子很温暖，是紫色和白色相间的，我没说谢谢。我就只是接了过来而已。

当然，她并不是要等着我说那句谢谢。她转身就走了，消失在黑夜中。或者，她更可能是在某处转了个弯，沿着弯弯曲曲的小路继续发毯子，直到分发完毕。总之，她消失不见了。

我在想：忘记说谢谢的人算不算迷路的人？

我一直心存感激。不光是感谢那条温暖的毯子（以及男孩那条温暖的毯子），还感谢这份温暖存在着。一直存在着。

现在。

早上。

如果没有那条毯子，我是不相信有科林达·李的。我会以为科林达·李是爸爸的故事里的人物，或者是梦里的人，是幻觉，是海市蜃楼，就像我在沙漠里看到的一样。

所以黎明时分，我不但披着毯子坐着，而且认真地感受着它的存在。我用手指摩挲着毯子的羊毛线，想要握住那份柔软簇新的触感。是全新的毯子，是为你而做，为我而做，赠送给我的毯子。赠送给我，不等我开口。

我内心某个地方因为这条毯子而疼起来。

不过我今天不会去找科林达·李。我不会去问她的地址，不会去四处找她，不会去敲她的门，不会提去阿伦岛这件事。男孩的事情是个例子：他本来想去找妈妈，结果发现对方只是个干瘪的女人。再说了，我很清楚从格拉斯哥驾车去渡轮码头需要多长时间——一个小时十六分钟。如果路程顺利的话，也得需要一个小时十三分钟。开车送我们去阿伦岛和给我们送毯子不一样，只有脑子不正常的人才会开车送两个陌生人去阿伦岛。

科林达·李。

科林达·李。

吉卜赛女王。

我突然想起来了。我脑子里那点微弱的铃声忽然清晰起来，叮叮叮。

科林达·李已经死了。

我知道这个是因为斯佩里小姐给我们看过她的坟墓。斯佩里小姐当时说："埋在这座墓园里的大部分人都是男性，罗伯特、威廉、约翰、亚历山大、阿奇博尔德、查尔斯、托马斯、乔治。富有的商人、维多利亚时代的绅士。但是孩子们，请看这里，这是科林达·李的坟墓，吉卜赛女王。"然后斯佩里小姐让我们反复学习墓碑上的碑文，并且齐声朗读出来。

她深爱着孩子，

她关心着穷人。

不管在何处扎营，

她都被世人爱戴、敬重。

没错，那段话应该就是这样，虽然可能没押上韵。或许我当时根本就没注意，可能我光顾着看科林达·李墓碑上和周边的硬币了。她的墓碑有好几层底座，像个石头做成的婚礼蛋糕，人们把硬币塞进每一层的缝隙里。各种小小的银色硬币，叮当作响的银色小硬币。

斯佩里小姐说：“吉卜赛人放这些硬币是为了表示纪念和尊敬，同时也是为了许愿。有人要许愿吗？”

我当时没有许愿，大概是觉得没有必要。可能当时的生活已经够好了，不需要许愿。

但此时，我看了看睡在科林·邓洛普墓碑上的男孩，他正裹着温暖的粉白色毯子睡着。我看了看他柔和的眉眼和金色的脸庞。

我许了个愿。

不是个好愿望，至少对男孩来说不好，是关于他妈妈以及他能不能找到妈妈的愿望。这个愿望如果出现在爸爸的故事书里，肯定会吓你一跳。

54 毯子

男孩醒了。

“还剩两天，”我说，“就只剩两天了。”如果他能够每天走五六个小时，而且我选的方向没错的话，就真的只剩两天。“我们再去找点食物和水壶。”

阿伦岛在格拉斯哥西部，准确来说是西南部。虽然路途比北上还要艰难，但是这趟行程此前我已经走过了一百多次。开车从格拉斯哥出发（爸爸开车），途经佩斯利来到阿德罗森的渡轮码头。这是一条固定路线，也许还有更适合步行的路线，但我不知道。

至于食物，我可以去偷：

——从墓地其他的旅行者身上偷；

——从城里的商店偷；

——从之前那个女人那里偷，她曾说外国人都该被扔进垃圾桶。

我决定选第三个。我考虑回到那个“垃圾桶”女人家里，（小心翼翼地）打碎她家的某扇窗户。我想也许可以带男孩来一场拾荒大冒险。我希望那个“垃圾桶”女人家有冰箱，希望冰箱里装满食物，或者装着足够多的食物。她可能还有一个水壶。

不幸的是，这个主意不明智，主要是因为我已经没有文件了。如果我被抓，就会被直接送回拘留中心。去商店里偷当然也一样。

不过在这座死亡之丘上，没有人会举报我偷窃。这里的人谁也不想靠近官方机构，因为那样就太危险了，所以就算我被抓住，也只是打一架而已。更何况，我动作敏捷，还拿着刀。再说了，出门在外必须学会保护自己的食物。如果这个墓园里有谁守不住自己的食物，被我偷就当是吸取教训吧。他们得学会基本的生存技能，今后他们会感谢我的。

男孩站了起来。穿衣服时，他坚持把外套还给我，于是我给他围上了粉色和紫色的毯子，这样他既暖和，又能行动自如。妈妈不喜欢这种穿法。妈妈喜欢整齐。

我们从水洼里舀了些水喝，然后开始下坡。晨光中的墓园看起来和晚上很不一样，不那么吓人，却让人疲惫。用防水布和垃圾袋搭起来的帐篷半夜就散了，一块聚乙烯塑料挂在天使的肩膀上。石头天使长着聚乙烯翅膀。爸爸会用这个编故事的。篝火已经熄灭了，大部分人都起来了，睡眠不足、摇摇晃晃地在坟墓之间走来走去，地上一片泥泞。有人在一座大理石坐像的脖子上围了一条红围巾。在从前我肯定认为那是个笑话，现在看来它很可能是个标记。看到红围巾就能找到我们。我在想，它能坚持多久不被人偷走呢？没有毯子的话，我肯定会偷走那条围巾。

我们朝山下走去，我一直密切注意着有没有单独行动的人离开自己的坟墓。人都需要去打水，都需要去方便。我关注着有没有人落下他们的包，或者衣服，但是大家都很聪明，所有东西都随身带着。毕竟，总共也没有多少东西。

我注意着组队行动的人，但不是那些昨天夜里生火且有卫兵的大部队，而是小队伍，那些人很可能刚刚到达这里。在这样的队伍里你会觉得安全，会放下戒备。

我慢慢走着，努力适应这座坟墓和聚乙烯塑料之城的节奏。慢下来之后（假装在跟男孩说话），我注意到一些很奇怪的事情，但也是很普通的事情。我们遇到的每一个队伍里，都有一个人披着毯子，是小方块拼接起来的毛线毯子。他们用毯子盖着头，遮住肩膀，裹在胸前。有些毯子是粉色和白色相间的，不过也有很多别的颜色：蓝色和蓝色相间，蓝色和黑色相间，绿色和粉色相间，红色和明黄色相间。有些毯子看起来簇新，有些则很破旧，仿佛是几个月、几年前织好的，不过实际上或许不是这样的。我觉得露营用的东西和放在家里的东西的耐用期是不一样的。但哪怕是那些沾了泥巴污点的脏毯子也是这一大片拼贴图案的一部分，它们点缀着暗灰色的坟堆，好像墓地是大地，毯子是大地上开出的花朵，是绽放的色彩和希望。

斯佩里小姐。

可能我也睡眠不足，或者是出现了幻觉，总之，突然间所有的毯子，所有斯佩里小姐的爱心符号似乎都成了护身符，是可以确保大家安全的羊毛符。那是一种魔法，意味着我不能，也不应该跨过他们受保护的门槛。爸爸，或许还有更简单的解释，或许是斯佩里小姐让世界在这个早晨变得美丽了一些。我希望在离开的时候，世界依然保持美丽。

我把自己这双准备偷东西的手揣进兜里。

55 鸡蛋

我们经过那棵开花的树，已经有一群人从另一个方向进入墓园了。不知道这些人是不是走了一整夜？他们是不是在人行道上睡的？如果睡在人行道上，他们身上会不会盖满了从楼上扔出来的晾衣架和空锡罐？

我们到了出口。我知道怎么从这里走到马路交叉口，那边的路牌上写着佩斯利。我希望路上能有食品店。如果我一个人进去，应该能顺利脱身。我向左转，或者应该说我试图向左转，因为有人突然拉住了我的手。

“怎么了？”

男孩指了指。

我什么都没看见，只有一些车从路上开过。另外，还有一队人走过。

“不行，”我说，“走这边，我们应该走这边。”

他继续拉我，但我把他拉回来时，他丢开我的手，冲到马路对面。我看到那边有个高个子女人，头发上围着一条橙色围巾。我确实看见了，但事情没这么简单。那边还有一辆车，车里堆着满满的粉色和白色毛线球。我穿过马路时，男孩正在拍打驾驶室的玻璃。

斯佩里小姐正躺在那堆羊毛线中，尽可能地在车座上躺平。她醒了，摇下车窗。

“早上好。”她边说边坐直身子。

男孩笑了。

“进来吧。”她说。

不可能，斯佩里小姐的全部生活似乎都在这辆车里，如果上千个毛线球、很多毛衣针和一个煤油炉也叫生活的话。男孩抓住了车后门的把手。

“后备厢很空。”她说着下了车，跟男孩一起腾出后座。她把很多东西都塞到他手上，就好像他是从前某些竞赛游戏节目里的参赛人员。“能放得下的，等着瞧吧。梅丽，打开后备厢。”

梅丽。

很奇怪，我愿意听她指挥。最近我只被手持武器的人指挥过。也许斯佩里小姐真的有武器，而且是非常危险的武器——希望。

“后备厢很空”这个说法太夸张了。里面塞满了毯子（好多只织了一部分），还有好些纸板箱。箱子里的东西很多：餐具、水壶、书（居然有书！）、内衣，以及很多很多毛线——紫色、红色、棕色的线团。

“全塞进去。”她对男孩说，于是他高高兴兴地把所有东西都塞了进去。

他们把后座腾出来之后，又开始收拾驾驶座下面的空间。我站了起来，没有帮忙，没有加入，只是看着他们忙活。

男孩笑了。

“小心。”斯佩里小姐对他喊道。他发现了些毛衣针，满心欢喜地收拾起来，发出叮叮当当的声音。“毛衣针总是不够用。以前我根本不会织东西，”她接着说，“现在已经很熟练了。”

他们又搬了一大堆东西到后备厢，挤了又挤才塞进去。“关上吧，”她说，“直接关上。”

我关上后备厢，那堆东西消失了。

“看见了吗？”她说，“啊，天哪，忘了早餐。你们得重新把后备厢打开。”

为了早餐，我什么都愿意打开，但是现在我还没有看到任何早餐。

我不抱任何希望，重新打开了后备厢。

她从箱子里翻出一把水壶。

“好了。”她从这个铝质水壶中掏出她的宝贝。

鸡蛋。

我已有大半年没见过鸡蛋了。“给。”她说着把鸡蛋递给我们。

我一个。

男孩一个。

她自己一个。

三个完整的鸡蛋。

“昨天晚上我把它们放在茶里煮的，省煤气，不过茶叶蛋不是我的最爱。”

三个人三个鸡蛋，她知道我们今早会一起吃饭。斯佩里小姐肯定是个女巫。她确实是斯佩里小姐，我现在确定了。

“好了，上车。”

我们上了车，男孩坐在后排。

“欢迎乘坐我的小破车。”她说着笑了起来。

她不是哈哈哈哈哈地笑，而是那种更甜美、声音更尖的哼哼声，听起来像“哼呼呼”。

她看了看后视镜，男孩只是盯着鸡蛋。

“快啊，敲碎蛋壳，”她说，“你不饿吗？”她说着在门框上敲了敲鸡蛋。

男孩跟着敲了敲鸡蛋。

我也敲了敲鸡蛋，尽管敲在了金属车门上，鸡蛋却没有碎。我敲得太轻了。于是我又敲了一次，鸡蛋碎了。

我把第一块小小的蛋壳剥掉。不等我撕掉里面的那层膜，鸡蛋的味道就扑面而来。我忍不住把鸡蛋拿到面前，深深地吸了口气。

我闻了闻鸡蛋的味道，然后继续剥鸡蛋。现在鸡蛋里面的那层膜也破了，我撕下一块放进嘴里，味道像纸。鸡蛋纸，还挺耐嚼的。

斯佩里小姐已经吃掉了半个鸡蛋。她没有狼吞虎咽，就是随意地吃，很习以为常地吃着鸡蛋。

我把蛋壳全部剥掉，握在手里。鸡蛋放在掌心的感觉很好。

我舔了一下。

后座上的男孩也舔了一下剥了壳的鸡蛋。

接着我咬了一小块蛋白，猛地吞下尝了尝味道。然后我又从鸡蛋顶上咬了一大块，细细品尝那光滑美味的蛋白和干硬粗糙的金色蛋黄。

爸爸，我迄今为止都没吃过这么美味的鸡蛋。

我把鸡蛋全吃了，一点都不剩。我吃的时候，内心相信斯佩里小姐今天很可能再让我们吃一餐。

斯佩里小姐把蛋壳扔出车窗外。

斯佩里小姐！我的老师！

“可生物降解。”她说着发动了车子。

男孩也把蛋壳扔了出去。

我本打算这么干，但是我没扔。这并不是因为斯佩里小姐的举动吓到了我（虽然确实吓到了），而是因为我想保留鸡蛋的一部分。于是我把蛋壳放到衣兜里。

以防万一。

56 茂密湿润的热带雨林

斯佩里小姐开车。

斯佩里小姐没有做如下的事情：她没问问题。比方说，她没问：

——我们从哪里来；

——路上发生了什么事；

——我们的父母在哪里；

——我为什么和这个男孩在一起。

她甚至没问男孩的名字，真是让人放松。她一直在说话，这也格外让人放松。她主要在说过去的事情。不单是和墓园有关的事情（当然，她说了不少墓园的事），还有和深时间有关的事情。她是这样说的："当然，苏格兰那时候还在赤道地区，那时候还是石炭纪，距今三亿多年。想想看吧！那时候苏格兰被珊瑚礁和热带海域环绕着，还是热带雨林，欣欣向荣，只需要几年时间，树木就能长到十五米高。然后世界被拉伸，地壳板块被拉伸，地壳断裂，苏格兰开始移动，移到北边。”

我不知道这是不是真的，不过斯佩里小姐是老师，她肯定知道，而且听起来也很有道理。我不是指这听起来充满理性和科学感，妈妈就喜欢这种，而是指这有爸爸说的那种“不可能凭空编造”的故事感。那些词语本身就很可信：地壳断裂。断裂。世界拉伸、苏格兰（安全、潮湿、凉爽的苏格兰）那时候还在赤道地区，它那时候所在的位置现在只剩下沙尘。我听斯佩里小姐讲话就像你们听故事一样，让词语环绕着我，看着它们闪闪发光。我知道自己本可能出生在赤道地区，只不过由于地壳断裂才生在了北方。现在被沙尘覆盖的有可能是我的家乡。

而男孩的家乡则凉爽、潮湿。

词语继续盘旋、闪光，斯佩里小姐像解决泥炭沼一样，砍倒了十五米高的树，并把它们放到地上。接着她把融化的岩石和晶体岩浆挤压凝固成粗粒玄武岩和暗色岩，再变成她所喜爱的墓园中的岩壁。斯佩里小姐说这些挤压、冷却、结晶的过程需要千万年的时间，早在上个冰期之前就开始了。但我想，我和男孩昨晚躺在深时间形成的峭壁中，我们仿佛属于一个更大的整体，是比我们自身重要得多的东西的一部分。

不过我能感觉到这种梦幻又催眠的东西是因为斯佩里小姐说话的声音，那是连续不断又令人满足的嗡嗡声，也可能是车子的声音。密闭空间里的温暖环绕着我们，发动机轻柔地转动着，我们正在前进，以快得不可思议的速度前进，而且没有费任何力气。我们就坐在温暖中，外面的世界一点也影响不到我们。哪怕是下雨，也影响不到我们。

下雨！

不是可怕的暴风雨，只是普通的雨，从前你每天都可以看到的那种雨。银色的水滴从车窗上滚落，一边滚一边闪光。斯佩里小姐打开了雨刮器，唰唰唰，仿佛是儿歌。我旁边窗户上的雨水汇集成闪亮的银色水流滑了下来。如果有别的车子溅起水花，那也丝毫影响不到我们车里满是热气、热带雨林般神奇的温暖气氛。

男孩睡着了，熟睡着——嘴里没有含着那块石头，就只是在柔软和温暖中睡着了。可能我也昏昏欲睡了，可能我也在断裂、漂移，就像苏格兰一样，被己身之外的力量推动着。

有那么一瞬，推动了。

57 阿德罗森

到了阿德罗森，斯佩里小姐在渡轮码头外停了车，之后问起我们正经事来。

她说："你想给你祖母打个电话吗？告诉她你在这儿？"她在自己层层叠叠的黑衣服里翻弄，找出一部电话，"好，找到了。"那是一部老旧但耐用的太阳能电话，阳光照到太阳板上之后，很快就会启动。"抱歉，"她补充说，"我该早点问你们的，对吧？说得太多了。"

她把电话递给我。

"不用了。"我说。

"不用？"斯佩里小姐问。

不用。不用。一千遍不用。十一个月来，我竭力避开一切和祖母通电话的机会。

"但是她不知道去哪儿接你啊？"

说得好。该来的总会来，终究是要来的。祖母和那个问题。那个无法回答的问题。不是能在电话里说清楚的问题。

“还是先看看渡轮的时间吧，”我说，“好吗？”

“哦，是啊，是我疏忽了。”斯佩里小姐又翻找了一阵子，找出一个粉色的丝绸绣花钱包，似乎是中国造的。她看着钱包里头。“这些应该够你买两张票的，反正是单程。”她给了我一把硬币，我犹豫了。

一块毯子。

一个鸡蛋。

一次顺风车。

现在是钱。

钱！

斯佩里小姐让我感到紧张。从前，人们给你东西不求回报，那些爱你的人——比如爸爸。当然，还有你的家人、你的朋友，也包括其他人，老师、邻居。有时候还有别的人，陌生人。但现在不同了。现在，任何事情都有报酬。斯佩里小姐索要的报酬是什么呢？

“拿着，”斯佩里小姐说，“我时间很紧，还得回去织毯子。”

也许我只是觉得疑惑，因为这件事看起来太简单了，但经过这些日子，我知道没有任何事情是简单的。没有。如果你开始觉得事情简单，觉得人们会不求回报地给你东西……

“斯佩里小姐……”我说。

“科林达。”她纠正我。

也许这样就说得通了，也许如今只有疯子才会给你东西。

“科林达。”我重复了一遍，说不出话来。

“什么事？”她说。

“我不知道该怎么表达谢意。”

“你会习惯的。”她说着笑了起来。

哼呼呼，哼呼呼，哼呼呼，哼呼呼，哼呼呼。

58 码头

我下车走进雨里，把外套上的帽子拉了起来。斯佩里小姐凑近开着的车门说："不介意的话，我和孩子就在这里等。"

不管斯佩里小姐有什么打算，她都不傻。外头的雨一点也不闪亮，那是花针一样的雨，很快就能把你淋湿。

我朝着码头旁边那一排长而低矮的白色房子走去。那边人头攒动，一群人等着从入口处的玻璃门进去。但是他们秩序井然——也许是因为门两边各站着一个士兵，穿着蓝色制服、带着枪的士兵，准确来说是带着手枪。手枪挂在皮套里。

我低着头，尽量不引人注意，进门的时候和其他人一样，假装自己只是想快点走，不被雨淋湿。低着头时，我的高度恰好跟左边士兵的胸口齐平。我看到了他的徽章，是蓝底的白十字，苏格兰的圣安德鲁十字。不光是这样，这个徽章底部还绣着一些其他东西，是黑色锯齿状的线条，看起来像山脉。我认识这个形状，知道这是什么山。这是沉睡勇士山的形状，是阿伦岛北部的一座山，它的轮廓在当地人看来像是一个戴着头盔的勇士躺在地上，双手放在胸前。可是这位阿伦岛勇士为什么会被绣在苏格兰圣安德鲁十字的底部呢？我有点想拍拍这个士兵的肩膀问个究竟。不过我没问，我就低着头走了过去。

在售票厅里，人群排成弯弯曲曲的长队，我站在队伍末端。人们纷纷抖动外套上的雨水，将兜帽摘下来。

我尽可能不去看其他人，可是又忍不住想看。那些人有点奇怪，但一眼看去，我说不出是哪里奇怪。后来我发现，他们的肤色不对，几乎所有人都是白人，凯尔特人的那种白。

岛附近本来就是这样，不过我还是意识到我的家乡变了。深色皮肤的人太少，这让人觉得奇怪。我估计男孩在这儿会很引人注目。

我仔细记下周围的地形，特别留意了售票厅另外几个士兵的位置。这里一共有六个士兵：两个站在售票处的玻璃门两边，四个站在通往码头的出口处——外面就是渡轮。

队伍前进得很慢。我身后那人轻轻地弹了弹舌头，发出啧啧啧的声音。

"快点啊，"他小声说，"照这个速度，不等我们买到票，就都得扎针了。"

我微微转了转身子，看了他一眼。他也是白人，不过是那种在岛上进行户外工作、经过风吹雨打的白人。他对上了我的眼神，我不得不朝他点头致意。这时候我看到了他手里拿着的东西——他的文件。

一切都讲得通了：拥挤的人群、队伍的长度、前进的速度。因为人们必须出示文件。

往来于苏格兰境内各地也需要文件了吗？是从什么时候开始的？

“我不明白。”我不禁大声说了出来。

“别说你不明白，”那个小声说话的人也大声说道，“我们全都不明白！”他挥了挥手里的文件，“我觉得独立是可以独立，这点我还是懂的，阿伦岛上的人属于岛民，什么沉睡勇士苏醒过来了，但是——”

“独立？什么独立？”

“啊？”他说，“你是哪儿的人啊？阿伦岛及其周边群岛已经脱离大陆独立了，”他指指售票处窗外，“准确来说是脱离那个独立了。”

我顺着他指的方向，透过玻璃，越过小船坞看向码头之外。那边曾经是一片荒地，是城西被开垦过的一片土地，满是淤泥和滨草。现在那里俨然成了一座帐篷城市，到处都是蚂蚁般的人和鲜亮的聚乙烯塑料布。那些塑料布不停地飘动着，在风里飘啊飘啊飘。

我后面那人继续说：“取消多程票，每次都让我们排长队。说真的，跨代议会到底在想什么呢？”

我没问“跨代议会”是什么，因为问了的话，我的身份就会暴露。就等于告诉他，我虽然长了一张凯尔特人的脸，但其实根本不是这个国家的人。我是那些人中的一员，是没有文件的人。我和男孩，我们都该待在那个帐篷城里。

“我得去拿文件才行，”我轻快地说，“忘在车里了。”

“恐怕我不能帮你占位子了。”那人嘴上这么说着，语气却一点也不遗憾。

“没事，我不急。”我回答道。

我离开售票厅，发现雨已经停了，但我还是戴好帽子，走到斯佩里小姐的车那儿。

“都办好了，”我打开门，“你说得没错，科林达，我得打个电话才行。”

59 问题

我告诉斯佩里小姐，我觉得到售票厅那边去打电话，信号会比较好。于是我走到离门最远的位置，远离人群和士兵。

我拨通了祖母的号码。

那个号码是个手机号，在岛上，祖母可以随时随地接电话。拨号的时候，我想象着她在厨房里的样子。我也不知道自己为什么会这样想，要知道祖母可不是普通的老太太，她不是故事书里那种系着红白方格围裙在厨房里忙碌的祖母，不是有着红润脸颊和亲切微笑的祖母。没那回事。祖母很瘦，骨架很大，身体强壮。妈妈有时候说她“严酷”，这可能是因为祖母真的是个很坚定、很有主见的人。这种人喜欢掌控全局、安排一切。在这点上，其实妈妈更像祖母，爸爸反而不太像她，所以她一直搞不懂爸爸。如果祖母此时在厨房里，那她不是在烘焙，而是在往炉子里添柴火。那些木柴都是她自己拿斧子劈的。

祖母提问的方式也跟劈柴的架势一样，所以我整整十一个月都没和她联系。那件事和那个问题，答案锁在城堡里。要是我必须打电话（现在我确实得打个电话），那么只能采取一个办法：在现在时间里打。

在现在时间里，那串电话号码拨通了。电话响了四声，她接了起来。

“喂？”祖母的声音敏锐又警惕，有些怀疑（因为来电号码她不认识），又有些期待。我没有立刻回答。她问：“是哪位？”

我说：“是我，梅丽。”

她吸了口气。“我的天哪，”其实祖母根本不信老天爷或者上帝，“你在哪儿，梅丽？”

“我在阿德罗森的渡轮码头。”我说。

“我的天哪！”她又说了一遍，然后问了那个问题。

我不假思索地做出了回答。

“不，爸爸没有和我在一起。”

我的声音很平静，在现在时间里，你不需要为过去负责，因为根本没有过去，在你身后的那片过去只是一片黑暗而已。“妈妈也没跟我在一起，”我说道，“不过都还好。之后我会解释清楚的。”在现在时间里，根本没有“之后”这种东西，所以我在说谎。

但祖母不知道，因此她只是问：“你有钱吗？”

她跳过那个问题，不光是因为“之后”，还因为“都还好”。回头我得想想措辞，因为用于我们这个时代的词语也应该像故事一样被反复思考。

祖母又说：“你坐十一点零五分的船过来吧，我去接你。”

“不行啊，”我说，“我没有钱，我的钱全部被偷了。”

“哦。”她停顿了一下，我几乎能听见她思考的声音。

“我让彼得去，”她说，“今天是星期二，他会驾船出海。我让他直接把你送到科里。”

“彼得？”

“对呀，”祖母说，“你还记得彼得吗？”

60 吻

我回到车上，跟斯佩里小姐说祖母接到电话之后非常开心，她会到布罗迪克的码头来接我们。然后我把买票剩下的“零钱”还给她，告诉她如果我们不想错过十一点零五分的船，那我们最好现在就走。

男孩下了车，斯佩里小姐也下了车。男孩拉扯着围在身上的毯子，扭了几下，从头上把它们脱了下来。他非常严肃地把毯子递给斯佩里小姐，仿佛坚信墓园里的那些人比他更需要毯子，因为他现在安全了。

快要安全了。

“哦，”斯佩里小姐说，“谢谢，你考虑得真是周全，”她说着蹲了下来，这样就能平视他的眼睛，“不过，”她伸手摸了摸他露在外面的胳膊，“你还是留一条毯子吧，坐船时用得上，海上的风很大。”她把我那条紫色的毯子和他那条粉色的分开，叠整齐之后把他的那条递了过去，“拿着吧，用得上。”

然后，她俯身抱住男孩，亲了亲他的额头，仿佛这是世界上最自然不过的事情。

男孩没有拒绝，他也亲了亲斯佩里小姐。爸爸以前亲我额头时，我也会去亲亲他。

斯佩里小姐把最困难的事情变简单了。

61 彼得

我记得彼得。

他经常在砂岩码头活动，那是个小港口，距离祖母家只有几百米远。那个港口一般只有四五条船，彼得爸爸的船也停靠在那里。彼得和我虽然是邻居，但小时候没怎么来往过，主要是因为他比我大几岁，而且他是男孩，我是女孩。再说了，我是一个思想者，而他是一个实干家。还记得第一次看到他的时候，我正跨坐在码头的一根系船柱（绵羊形的）上看书，而他正在他爸爸的船上干活，好像在拆发动机，也可能在收缆绳，或者在抽舱底的水。他边干活边吹口哨。彼得的爸爸会在晚上拉小提琴，这些歌一定融进了彼得的血液中。苏格兰的吉格舞曲，民谣，关于迷雾、返回和故乡的歌曲，还有我爸爸在他的圣山上唱的那首歌。一想起那首歌的旋律，思念就紧抓住我的喉咙，但我已经不记得那首歌的名字了。

显然，现在彼得已经长大，拥有了自己的船，因为祖母说的是让彼得去接我们，准确来说是接我，但他不是从码头旁边的那个小船坞出发。祖母说小船坞离难民营太近了，难民营里的人总是会想方设法地乘船到岛上去。她让我去防波堤。

“去索尔特科茨的防波堤。以前我们想去南海滩野餐的时候就会去那个防波堤，还记得吗？那里比较安全。彼得在那边和你碰头，直接把你送到科里的港口，明白了吗？”

“明白了吗？”仿佛我依然七岁，仿佛我没有从喀土穆出发，走了一万公里。

好的，我明白。

我们在停车场向斯佩里小姐告别之后，她开车走了。没有朝我们挥手，也没有回头看。我想斯佩里小姐进入了现在时间。

步行到防波堤需要四十五分钟左右。离开之前我做了两件事。

首先，我用了一点斯佩里小姐给我的“买票钱”，没有全部花掉。我去售票处外面的售货亭里买了两个火腿三明治（有泡菜）、两袋薯片和一瓶水。

然后，我把毯子盖在男孩头上，这样大家就看不到他的脸了。

“走吧。”我说。

62 信任

我吃了一包薯片，男孩也吃了一包薯片。薯片是奶酪洋葱味的。我不喜欢奶酪洋葱味的薯片，但是售货亭只有这种口味。而且，当你一年多没吃薯片的时候，不管什么口味，你都觉得好吃。咸滋滋的，美味可口。美味的东西不用刻意保存。我们大口吃着，把所有食物都塞进嘴里。其实我们吃过早饭，我们吃了鸡蛋，还喝了瓶子里的水。很快，吃的喝的就都不用愁了。我们大吃大喝，简直是奢侈浪费。我头都晕了。

到防波堤的时候彼得还没来，我很高兴，很高兴自己能坐在石头防波堤上等他。我愿意等待。我们继续吃东西。我们吃掉了火腿三明治，里面的泡菜刺激着我的舌头。

船终于来了。我听见舷外发动机的声音，这声音缩短了我和阿伦岛之间的距离。船很小，是蓝色的，有个简单的木质驾驶室。掌舵的算是个年轻人了——挺高大，长得也好看。他熟练地把船靠着防波堤停好，然后朝我扔了一根绳子。我知道这不是让我拴绳子，而是把它套在阶梯围栏上，然后递回给他。

他确定船拴好了之后，对我说："天哪，梅丽，你变了，我差点就认不出你了。"

他也变了不少。他小时候可不好看，那时候他又矮又结实。"好久不见了。"我说。

"抱歉，"他说，"抱歉，我在胡说什么啊。"

他说的是真话吧。

"我该说'欢迎回来'才对，"他又说，"欢迎回来，梅丽。"他笑着伸出手，想拉我上船。

"让那孩子先上。"我说。

"哪个孩子？"

我这才发现男孩没跟我一起走过来。他还站在上面，裹着那条粉白相间的毯子。

"来啊。"我喊道。但是他没动，大概是因为不认识彼得吧。

"艾琳——你祖母，没说还有个男孩。"彼得说。

"她没说？"我问。

"没说。"

"大概是她太惊讶了，"我说着又返回去对男孩说，"我这就去接你，把你抱上船，好吗？"说着，我又拉了拉毯子把他的脸遮住。我看到了他的眼睛，他的眼睛不再像杯子，他的眼睛里满是恐惧。

"惊讶什么？"彼得问。

我想把男孩抱起来，可是他僵硬得像块木板。"放松，"我低声说，"放松，没事的。你怎么了？"我们必须上船，必须尽可能平静地到船上去，从容又迅速。

“哦，”我回答彼得的话，“突然多了个新孙子嘛。”

“嗯，”他说，“哇，对哦，都过了好久了！”他看我抱不动那孩子就说：“过来，我帮你。”

他很快下了船，像只活泼的拉布拉多犬一样跳上台阶，轻松地抱起那个男孩。毯子散开了。

“天哪。”彼得说。

“领养的孩子，”我说，“一看就是吧。领养的孙子，在苏丹领养的，所以爸爸之前什么都没说，你懂的。”

男孩看着彼得，彼得也看着男孩。

“梅丽，”彼得说，“不要开玩笑，这……这合法吗？”

“你说的合法是什么意思？他有没有文件，”我说，“你是这个意思吗？”我又冒险说道，“你要看看吗？”语气像是在叫板。

“啊……不，不，对不起，”彼得走下台阶，“我就问一问。如今必须特别小心才行，你也明白的。”接着他又说：“你还好吧？”他是在问男孩，“你怎么在发抖？之前没坐过船吗？”

那孩子确实在发抖，整个人都抖个不停。

“我们之前过得挺艰难的，”我说，“他不信任其他人，”我随口说道，“尤其是男人。他不信任男人。”

“哦，你可以信任我，小朋友。我不会伤害你，就跟你在家一样安全，只要你不是非法移民就行。把非法移民带上岛的话，他们会把你送上血石的。”他笑了起来。

哈哈哈哈。

他把男孩放到船上，我也迅速跟着上了船。我绝不会问血石是什么。

“对了，”他继续说，“你祖母现在是跨代议会的主席，我猜想可能会减轻处罚吧。”他收回绳子，拉动外侧节流阀，掉转船头轻快地驶离防波堤。不过，船转弯的时候还是撞上了自身掀起的波浪，稍微倾斜了一下，就在这时，男孩尖叫起来。

大声尖叫。

63 波涛汹涌的大海

他的尖叫声比我梦中听到的还要响亮，持续了很长时间。他的叫声一直从海面传到岛上。

彼得说："哇，真是受不了，用毯子把他的头盖起来。"

我把毯子盖在他头上。倒不是因为他吵，而是因为我忽然意识到男孩那座城堡的塔里保存着的是什么东西。是一艘小船，一艘小而拥挤的船。船上的人实在太多了。船一点点地穿过海面，十分缓慢地前进着，从我们已知的可怕地方走到我们未知的且同样可怕的地方。船上是他爱的人。我觉得应该是他的妈妈，他的爸爸，只不过他们没能走完全程。所以在斯基特比拘留中心的时候，他画的图上没有这几个人；所以他才和一个老头子一起走。也可能是他一个人从船上掉了下来。他爸爸妈妈把唯一一件救生衣给他穿上了，所以他才幸存下来。他们希望他能够活下去。他妈妈肯定是这样说的："你一定要活下去！"

她肯定会这么说。

“记住，世界很美。”这一定是他爸爸在沉入海底之前说的最后一句话。也许男孩眼看着他沉了下去。

有很多人在水里，大家十分恐慌，互相推搡。也许他并没有看见他妈妈沉下去，也许倾覆的船体横亘在他和那条橙色围巾之间，阻断了他的视线，就像在沙漠的那一天，吉普车阻断了我的视线一样。倾覆的船体没能让他看见他妈妈溺水的景象，没能看到她沉入水面，再也浮不起来。也许正是由于这个原因，他才依然抱有希望。或许她还活着呢？说不定有人把她救起来了，就像他们救他一样呢？所以他会情不自禁地在人群中寻找橙色围巾，因为这就是希望，这就是心之所向，它拒绝了解大脑的认知。我们都知道的，对吧，爸爸？

“他到底是怎么回事？”彼得喊道。

“海浪太大了，”我说，船撞上了黑色的岩石，“太晕了，太晃了，海会吃人。”

“什么？”彼得说。

我给男孩盖上毯子不是想让他住嘴（因为这是不可能的），而是不想让他看到海。

64 祖母

祖母站在科里海港的围墙边。她站得笔直，像故事里的国王站在海边，查看是否有船只进港一样，看那些船究竟是挂着白帆（代表活着）还是黑帆（代表死亡）。

彼得将船驶入港口。祖母看见了我，看见了彼得，看见了那个男孩。男孩已经不再尖叫，他喊哑了嗓子。毯子从他头上滑了下来，他看着前面。他茫然地看着前面，疲惫不堪，精神恍惚。

彼得把绳子扔给祖母，祖母十分熟练地把绳子绑在系船柱上。祖母一边绑绳子一边死死地盯着男孩。

我站了起来，和她打招呼。

她无视了我，盯着那孩子说："他是谁？"

大概是她说话的语气不对，或者是她直接无视了我，又或者是因为我走了很长很久的路，疲惫不堪，我回答道："祖母，他就是个人而已。"

“彼得？”祖母说。

“她跟我说你知道，”彼得说，“她说完全是合法的。”

祖母看着我说：“你这个小骗子。”

65 欢迎

祖母领着我们朝她家走去。我们走在前面，她走在后面。她没拿枪，但说不定也和我们一样，是有枪的。

跟我印象中一样，厨房是蓝色的，不过看起来小多了。她坐在厨房里的餐桌边，桌上放着一台老式的笔记本电脑，她示意彼得坐下。我和男孩依然站着，就像在法庭一样。

“她说那孩子是合法的，”彼得重复道，“她说他有文件。”

“他有文件吗？”祖母问。

“没有。”我说。

“天哪。”彼得说。

祖母看了看彼得。“你要知道，彼得，我会对此负全责的。你明白吗？”

彼得回答：“明白，谢谢。”

祖母看着那孩子。“他有名字吧？”她问。

我没说话。

男孩没说话。

我不知道男孩的心思还在不在这里。他眼神空洞，一副目瞪口呆的样子。我觉得他大概还在船上。

“你叫什么名字？”祖母问道。

没有回答。

“你从哪里来？”

没有回答。

“原来是哪里人？”她继续问。

没有回答。

“他会说英语吗？”祖母问我。

“我不知道。”

“你不知道！”

“他是个哑巴。”我说。其实我很不愿意这样说，不愿意在男孩面前这样说。这句话很粗鲁，不友好，毫无必要。“他能听懂英语，”我说，“什么都能听懂。”

“是嘛。”祖母说。她用力按着太阳穴，仿佛头疼一样。“梅丽，你不知道这事有多严重。”

她说错了，我非常明白这事有多严重。我以为自己回家了，狂热又坚定地认为这就是我的最终目的地，就是我要到达的那个可以被他人理解的地方。除了我，这个地方还有其他人有城堡的钥匙，可以打开一切。我仍旧会是安全的，男孩也是安全的。这里有另外一种更深刻的事实，爸爸的事实，甚至是爸爸所说的美，它会照耀着我。真是荒谬啊。

“走吧，”我对男孩说，“我们在这里不受欢迎。我们还是走吧。”说着，我拉起他的手沿着走廊朝大门走去。

“不，你不能走。”祖母说，从我们旁边走过去，挡在门口，“他的事情需要上报，登记。马上。你也需要登记。不马上登记非法行为就等于从犯。”

前门上有两把锁，祖母把锁全部锁上，然后把钥匙放进右边的裤兜里。

我又想起了那句话——生存是场漫长的游戏。

“那就把他登记在你名下吧，”我说，“用爸爸的姓，贝恩。”

“不要再添乱了。”祖母说。

“我没添乱，”我说，“他的名字叫穆罕默德·贝恩。”

彼得这时突然说道：“她是这么跟我说的，她说这孩子是他们收养的，在苏丹的时候。”

“梅丽，”祖母说，“看着我。”

我看着她。

她继续说：“你要诚实地回答问题，这关系到你的未来，还有彼得的未来。你爸爸真的收养了这孩子吗？”

“收养了。”我回答。

“既然这样，他为什么没有文件？”

“文件被偷了，”我直视祖母的眼睛，她没有刀，没有枪，也不是移民局官员，“钱也一起被偷了。连我的文件都丢了，他的也找不回来了，因为这些东西都是我一个人拿着的。”

“哦，这就没问题了吧？”彼得说，“我们可以证明他不是非法移民。我是说，会有记录的吧。肯定有记录，比如首次入境的海关那里。苏格兰没有的话，英格兰会有吧。没事的，会没事的，对吧？”

“不一定，”祖母说，“自从独立之后，收养关系就不再是定居的依据。不光是文件的问题，还有时间的问题。法律可不恋旧。”她看着我，“如果收养文件是在独立之前签的……”她停顿了一下，“是在两年多以前吧，梅丽？”

我立即回答：“是的，没错。”

彼得满脸庆幸，容光焕发。

“好，”祖母说，“时间确定了，我们只需要建立入境档案。”

入境档案多半是要打几个电话，出示各种证明，填写在线表格。这事比较紧急，要是不马上弄好的话会受到惩罚。

“彼得，把你知道的细节都告诉我。”

“没问题。”彼得说。

“这件事要花点时间，”祖母对我说，“你们先去洗个澡吧，你们两个看起来非常需要洗个澡。”

66 洗澡

我都十一个月没有洗过澡了。

“来。”我对男孩说。这孩子很可能也十一个月没有洗过澡了。如果我们想翻窗逃跑，可以稍后再跑。

浴室是粉红色的，毛巾架上挂了几条毛巾，是很大的白毛巾，非常柔软。我锁上门。

“坐到地上，”我对男孩说，“不准看。”

浴缸放水的时候，我就脱衣服，衣服都堆成一堆。那堆衣服臭烘烘的，有我自己的味道、坟墓的味道和泥土的味道。

男孩背对着我，我爬进浴缸里。水很热，不温暾——真的热。我躺在热水中，身体看起来又瘦又长。我闭上眼睛，集中精神享受着这份温暖，感觉热水淹没了我。

然后我去拿肥皂。

肥皂。

白色圆形的肥皂闻起来就像玫瑰花的味道。

我仍然闭着眼睛洗澡，把身上彻底搓了一遍，每个地方都洗干净。我全身都快有一年没抹过肥皂了。

我拿起了洗发水。

洗发水是松木味的。

我洗了头发，努力把头发打结的部分梳顺，但是不太成功。

我躺着享受热水，哪怕水已经脏了。

我泡了大约有一千年之久才出来，用雪白雪白的毛巾包住自己。那雪白雪白的毛巾很温暖。

“该你了。”我对男孩说。我把浴缸洗干净，然后重新放水，还检查了水温，免得太烫。

我坐在他刚才坐着的地方，背对着浴缸。“该你去了。”我说。

我听见他脱了衣服，接着就感到自己的肩膀被轻轻拍了拍。

“怎么了？”

他递给我一条肥皂。

“你想让我帮你洗？”

他站到我面前点点头。他小小的，没穿衣服，也不觉得难为情。

“好吧。”

我帮他爬进浴缸，用干净的水洗他的身体。他瘦得皮包骨头，比我还瘦，关节和骨架清晰可见。不过他的脸很柔软，爸爸。我把他的脚趾洗干净，耳朵后面洗干净，但我没去洗他的隐私部位。我让他自己洗那些地方。

然后我拿了祖母的剃刀。

“要我帮你剃头吗？”

他点了点头。我用了洗发水，因为洗发水闻起来很香。我将剃刀沿着他的头滑过，同时小心不要割伤他。

爸爸，他的头很美。

这世界很美。

67 重新开始

有人敲门。

“我给你拿了些衣服。”祖母说。

我开门去看，没看到祖母，只有放在门口的衣服。给我的是一件简单的蓝色衬衣，还有一条松垮垮的灰色棉布裤子和一条不相称的皮带，大概是怕裤子太大了。给男孩的是一件很大的条纹T恤。衣服下面还有袜子和两条女士内裤。都洗干净，熨过了，也叠得很整齐，闻起来有种移民局那女人的干净味道。

我们把衣服穿好。我必须把皮带系好，但是又不能系太紧。祖母一向很瘦。我也没忘了那把刀，把它系在裤腰带上，小心遮了起来。T恤很大，罩在男孩肩膀上，一直遮住他的膝盖。他看起来很高兴。他穿上自己的内裤，没再穿那条脏裤子。

我们离开浴室，祖母正站在楼梯平台上。

“梅丽，”她说，“很抱歉，我们重新来过好吗？”她说着走了过来，伸手搂住我，把我整个抱住。她拥抱了我。

我像块石头一样僵硬地站着。

她抱着我继续说："因为我事先什么都不知道，不知道穆罕默德的事情。我吓了一跳。我现在是跨代议会主席，梅丽，我必须公正行事，依照规章制度办事。都是我的错，我本应该检查文件的。就算是你，也不例外。如果我事先知道——嗯，那也需要花好几个星期，那时你已经在大陆待了好久了。你本应该待在难民营。替换文件——现在系统也不是严格按顺序来，即便是像你这样的人，你这样理所应当留在苏格兰的人。但是我不该直接派彼得过去，不该不检查文件，而且……"

她说个不停，我依然像块石头一样站着。

她放开了我。

"不过事实上，"她顿了一下，"我不愿再等了。不行，我已经等很久了，我必须和你在一起。你——你现在就在这里，就在我面前。这就是事实，你明白吗？"

"我明白。"我说。

"你不明白，"她说，"你理解不了，我也不指望你理解。"她蹲下来，和男孩面对面。

"你好，穆罕默德，"她说，"我们能成为朋友吗？"

他看着她，眼睛像两个杯子。

"你想吃东西了吧，"她问，"对吗？"

我们跟着她下楼。彼得走了，电脑关上了，祖母烧了一壶水，打开面包箱取出一块。

"我不饿。"我说。这是我第一次觉得不饿。

"不饿？你呢？"她问男孩。

他点点头。

于是她给他切了很大一块新鲜的白面包，还涂满了黏稠的黄油。她又打开一个贴着手写“草莓”标签的果酱罐，男孩吃了起来。我不饿，但还是流了口水。

“好了，”祖母说，“把所有的事情都告诉我。”这不太可能，所以我没说话。

“说吧，”祖母说，“从你爸爸的事情开始。我必须知道，梅丽。”

“我们——分开了。”我小心地说。

我回忆起喀土穆那尘土飞扬的沙漠公路，把检查亭和那些士兵的事情告诉了她。我没说那个紧张的男孩，没说他脖子上挂的那个子弹袋。

我继续说：“然后爸爸下了车，伸出双手。”

“伸出双手？”

“是啊，像这样，”我说着摊开手，仿佛要送给她礼物，“他跟士兵谈话，讲条件，士兵说，好，我们可以通过。但是只有穆罕默德和我通过了。”

“接下来怎么了？”

“我们走了，穆罕默德和我。”

“你爸爸呢？”

“爸爸和妈妈，他们跟士兵走了。但是他们没事，祖母。什么事都没有。”

“你为什么觉得他们没事，梅丽？”

“因为当时我也在，祖母。那些士兵不是坏人，他们只是孩子。真的。”

祖母停顿了一会儿才说：“梅丽，你不觉得如果爸爸妈妈都没事，他们现在也该打个电话了吗？他们应该打电话跟我说一声才对？”

“我都没打电话。”我说。

她沉默了一会儿。

“我是走到很近了才打的电话，”我说，“不打电话有很多原因。爸爸很想跟你说那孩子的事情，亲自说。”

“不是我不想相信你。”祖母说。

“我知道。”我说。

我也想相信自己。

68 漂砾

我在房子里绕了一圈，想努力理清脑中的各种状况，这让我紧张不安。其实我在这个房子里闭着眼睛也能走，我只是想喘口气，躲开祖母。

把所有的事情都告诉我。

所有的事情。

所有的事情。

所有的事情。

我可能需要知道这房了里有哪些变了，哪些没变。我必须把记忆和现实联系起来。这房子给人的感觉还是一样，而气味——泥土和干薰衣草的味道。我从一个房间走到另一个房间，也许是在寻找爸爸妈妈存在的痕迹，也许是在寻找我自己存在的痕迹。

我在起居室找到了一张三人合照——爸爸、妈妈和我，我们站在一块冰川漂砾[①]前。不是数码照片，是一张真正的纸质照片，镶在相框里。

那块漂砾其实是一块巨大的花岗岩，矗立在路旁，那条路连接着祖母在科里的家和邻镇萨诺克斯。当时共有四块花岗岩巨石立在路边。

爸爸说：“‘漂砾’这个词源于拉丁语，意思是‘流浪’。”爸爸还说：“这块石头不属于周边岩石，它是流浪到这里来的，从别处来的。”

其实这跟学校地理课上讲的不一样。漂砾不会流浪，它们是被冰以及冰川的运动推动着离开了原来的地方。它们不想动，只是被迫移动，被搬运到了别的地方。这种巨石几乎有爸爸的两倍高，却被冰川当作小石子一样扔来扔去。

那真正的小石子可怎么办呢？我心想。比如说，男孩含在嘴里的那种小石头？

对了，当这些巨石到达某个地方之后，不管是哪里，只要它们停下来，就不会再移动了。照片里的那块巨石已经在那里矗立了上万年。

我想到了这个，也想到了爸爸在照片里看起来很年轻，妈妈看起来也很年轻，我看起来就更小了。这不是一张准确的照片，再也不是了。这张照片曾经是真实的，但现在不是了。这是真实的又一个特质，它很易变。

楼上有一面镜子。我照过镜子，所以知道自己和壁炉架上那张

① 由冰川地质作用形成的巨大砾石，其直径可达10~20米。因其由固态的冰川搬运，可以翻山越海，搬运距离很远，故称为“漂”砾。冰川漂砾是冰川存在的有力证据。

照片里的女孩完全不一样。照片里那女孩的头发整整齐齐地扎了起来，她在笑。我已经很久没有从镜子里看自己了。我在河水里看过自己，在拘留中心的时候也照过镜子。但是拘留中心的镜子只有金属框架，玻璃镜面都被打碎用来当武器了。

镜子在客房里，祖母让我今晚睡在那个房间里，其实那是爸爸妈妈的房间。我的小房间在走廊上，给男孩住了。

镜子很旧，是椭圆形的，立在老式抽屉柜上。我想这面镜子一定认识我父母。它曾留住他们，留过他们的脸，留过他们的微笑。现在它放他们走了。

我看着这面背信弃义的镜子。现在照镜子的女孩已经不是个孩子了，也没有笑。但是我对她也只有这点描述而已。

你不能从河水或者金属框架里看清自己的轮廓，因为你的影子看起来总在动，摇摇晃晃，还很模糊。镜子则很明亮，可以清晰地看到自己。

但是我依然看不清自己的样子。我仿佛一片模糊。

天哪，梅丽，你变了。

是的。

但是变成什么了呢?

69 睡觉

夜晚降临。

至少我觉得是这样。因为光线问题，很难准确地说出时间。不是因为室外的光线，而是因为室内的光线。厨房、起居室、楼梯、我的房间、男孩的房间，到处都是灯光闪烁。我把卧室的灯开了又关，屋里一会儿亮一会儿暗，仅此而已。

祖母带男孩去了他的房间，她已经为他铺好了床。

“你睡在这里。”她说。

“我五六岁的时候就睡这里，”我看着他说，“我在走廊那边，好吗？”

他跟着我穿过走廊，仿佛在看距离究竟有多远。

“明白了吗？”

他点点头，转身回到他的房间，关上了门。我有点惊讶。

我跟祖母说我也要睡了。

“现在还早。”祖母说。她希望我再跟她说说话，她想多问一些事情。

“我累了。”我说。

“好吧，”她回答，“睡个好觉。”

祖母为我准备了睡衣，是一件奶油色的，还有花边，料子十分光滑，大概是丝绸的。我没穿睡衣，脱了衣服就躺到雪白的被单里去。被单有股移民局那女人的干净味道。我把刀放在白白的枕头底下，然后躺好。

床很软。羽绒被紧紧地盖在身上，很暖和。我动的时候它也动，不过我不怎么动。我基本上都是在看天花板。楼梯里的光亮从门的上方透过来，在天花板上投下光斑。

我闭上眼睛，依然可以在眼皮内侧看到光斑。我用手指按着眼睛，这样做会出现更多光斑。我也不知道为什么，也许是眼球里血液循环的原因。我小的时候常常这样做，那时候我还睡在那边的房间里。准确说来，是还没睡着的时候，每次睡不着我就弄出更多光斑。

我睡不着。

我醒着，隐约能听见男孩的声音。我已经习惯了他吸鼻子、舔石头的声音，他入睡的时候呼吸会变得平稳、绵长。这些声音能让我平静。我也不懂是怎么回事。

祖母去睡觉的时候我还醒着。我听见她冲厕所，刷牙，关掉楼梯上的灯。

床实在是太软了，我不知道睡在这么软的床上该做些什么才好。

我坐了起来。

又躺下。

翻了个身。

又翻过来。

周围真的很黑，突然我的房门把手转了一下，一个披着粉白相间毯子的影子溜了进来。那个影子躺在我这张双人床边地板的垫子上。他裹紧毯子，然后把石头放进嘴里开始吮吸。没过多久，他就发出睡着了的呼吸声。

我下了床和他一起躺在地板上。如果那条紫色和粉色①相间的毯子还在，我就会把它盖在身上。不过毯子没了，我只能把羽绒被拉下来，给我们两个人盖上。

我也睡了。

① 原文是“紫色和粉色”（“purple and pink”），但上文提到梅丽毯子的颜色是“紫色和白色”（“purple and white”），此处可能为作者笔误。

70 问题

祖母继续问问题，很多很多问题，主要和男孩有关。我尽可能简单地作答，这样才能记住自己说了些什么。我告诉她，男孩是我们家司机的儿子。我告诉她，他爸爸被检查亭一个背子弹袋的男人杀死了。我告诉她，男孩目睹了这次杀害，于是再也说不出话。祖母似乎觉得这很有道理。我又说男孩的妈妈也死了，他没有别的家人，所以爸爸收养了他。其实我也不知道自己为什么要说这个。我还告诉她，爸爸备齐了所有的文件，本来是要亲自告诉她的，结果发生了意外。当然，我没跟她说另一个穆罕默德的事情，也没说恙螨的事情。恙螨在这个故事里无足轻重，但我还是想到了恙螨。我想到它们的嘴、它们吐出的脓液和被咬之后的瘙痒感。当我说到比较模糊的细节时，总会觉得头痒。

“别挠头，”祖母说，“你为什么挠头？你长虱子了吗？”

她看了看我的头发，没有虱子。

彼得没问问题，这点他很像斯佩里小姐。我去找彼得，想休息一下。要找他很容易，他总在港口。我坐在系船柱上看他工作，听他吹口哨。他吹了很多歌，但没有紧紧抓住我喉咙的那首我思念已久的歌。他干起活来目标明确，完全知道自己在干什么。他看起来很结实。不是胖，他一点也不胖，但是绝对不瘦。如今人人都很瘦，但彼得不瘦。彼得看上去比其他人都要结实。我不结实。我，我模糊的轮廓，还有发痒的头皮，都不结实。

我坐在旁边看似乎并没有打搅到彼得，有时候我会假装自己在看男孩。落潮的时候，可以看到港口有一小片岩石海滩。男孩在那里待了好几小时，玩堆石头的游戏。

有时候我安静地坐着，有时候我问几句话。

“能不能跟我说说跨代的事情？”我问。

彼得告诉了我。跨代是跨越世代的简称。自从独立之后，跨代议会就成了岛上的最高机构。跨代议会有六个成员，每人代表一个年代，从十四岁到七十四岁。想要当选为议员必须要在相应的年龄段之间。祖母六十九岁，代表了六十四岁到七十四岁这个年龄段。彼得说，六这个数字很平衡，总有人要投出决定性的一票。目前决定性的一票在六十四到七十四岁这个年龄段，也就是说在祖母手里。

“所以目前她是岛上最有权力的人。”彼得说。

“那血石是什么？”我又问。

“执行正义的地方。”彼得说。

看到我还是一脸疑惑，他又说：“他们把被告送到拉姆拉什的法庭。”

“你是说被告席？”

“是的。血石只是当地人叫的，是别名。不过确实有一块石头，是从阿伦岛的山上切割下来的大块石灰岩。”

“血又是怎么回事呢？”

彼得停下手上的工作。“法庭上有把手枪，好像是左轮手枪，总之是把枪。枪就放在议会成员面前的桌子上，每个人轮流拿枪，每十五分钟就换一个人。如果被告确实犯了重罪，就可以开枪。”

“什么？就地枪决？”

“对啊，不管哪个成员拿到枪都要开枪。”

“天哪，”我说，“太疯狂了，简直不正常。你开玩笑的吧。”

“你走了很久，梅丽，很多事情都变了。你见过难民营的情况吧，岛上的人要保护自己。艾琳也说过：‘不光是要执行正义，还要让人看到执行正义的过程。’所以她才参加竞选，并且赢得了六十四到七十四岁这个年龄段的选票。”

我心里咯噔一下，脑子仿佛被重重一击。

“那祖母……开过枪？”我问，“她开过枪？”

“没有，”彼得说，“目前谁都没开枪。这是最后手段，其实是威慑手段，但看起来很有效。这是你祖母的建议。她说岛上的各种规章制度都太遥远，太虚幻。人们已经习惯了注射的观念，但这一行为都是关起门来偷偷执行的，我们所有人——准确说来是这些罪犯——必须要看到实实在在的后果。‘可知可感的死亡。’我记得她是这么说的。有些东西，绝不隐藏，”他停了一下，“总之大家都同意。她成为高级议员后做了很多事情，所以我想如果有必要的话，她肯定会开枪。”

对，我也这么认为。

祖母和我都是天生的杀手。

“犯了什么事情是死罪？”我问。

“嗯，就是平时那些，谋杀什么的，还有破坏国家安全罪。”

“什么国家？”

“当然是这个岛啊，阿伦岛，比如非法入境之类的事情，”他停了一下，靠在船舷外侧，“不然她为什么对那个男孩那么生气？”

“那……如果我……如果我真的带了非法移民入境……”我说不出话了。

他用两根手指指着前额。“砰！再见，彼得！”

“不！根本不是你的错！”

“别担心，”彼得说，“首先是砰，砰，梅丽再见。”

71 如果

一名工作人员从法庭里出来。

她认识祖母，祖母也认识她。她叫埃丝特，二十多岁，眼睛明亮，满脸微笑。“很抱歉，高级议员，必须这样做。”她对祖母说。

“没关系，埃丝特，”祖母说，“我们在岛上制定流程是有原因的。现在就开始吧。”埃丝特没有穿制服，但她拿着一个很大的公文包，上面有沉睡勇士山的标志。只不过这山不是画在苏格兰的圣安德鲁十字上面，而是直接画在蓝底的背景上面，仿佛这个岛是唯一坚实的陆地，苏格兰只是天空。

埃丝特那个有沉睡勇士标志的公文包里装着各种东西。她用这些东西扫描了男孩和我。首先她打印了我和男孩的面部数码图像，正面和侧面都打印了。

“哪边最好看？”她是问侧面照的事情，“演员总有最好看的一边。我是在好莱坞的网站上看见的。”我不禁想起自己从很遥远的世界而来，想起拉姆拉什法庭里的枪。我不需要枪就知道死亡离我有多近。

我对埃丝特说哪边都可以，但是男孩很认真地把左脸转了过去。也许这是自我们见面以来他第一次开玩笑。比起穆罕默德关于驴子的笑话，这更好玩，也更伤感。

接着埃丝特对我们进行了虹膜扫描，录了电子指纹。

“可以加快身份认证过程。”她说。

“要等多久才能拿到新的文件？”我很随意地问。

她回答：“要看你前面的人什么时候处理完。”她看着祖母又补充了一句：“当然，我会尽可能地快一点，如果情况允许的话。”

然后她又问了一些问题。

“很烦人吧，我懂，”她说，“但必须问。只是做一下记录，不过这些肯定都已经记录在入境档案里了。高级议员，可以先问您吗？”

“没问题。”祖母说。

她问的问题祖母都一一回答了。从她们的对话中我可以听出来，虽然我只有祖父祖母两个人生在阿伦岛，但没关系，因为我的外祖父和外祖母生在苏格兰大陆，根据阿伦岛的居住法，这是可以的。

“如果您不介意的话，我想问问那位养子。”埃丝特说。

“不行啊。”祖母说。

“哦，他不能说话，”埃丝特说，“我看过记录，抱歉。好吧，”她重启纳米网的记录设备，“那你可以帮他回答吗，梅丽？”

可以的，我编好了故事，我们两个的故事。虽然各种细节都不是真的，男孩的表情也可能会露馅，但是他很聪明。再说了，有些事情说一百遍就会变成真的。

终于，埃丝特关上了机器。

“好了，”她说，“当然，你们两个还是需要去法庭进行正式登记，不过，”她对祖母点点头，“有您在我就不用解释法律细节了。另外我也说过，现在只是在等着中心确认而已。如果每件事都核实无误的话，就没问题。”

如果。

多简单的一个词。

如果。

72 词语

我觉得世界上有两种词：一种会轻易说出口，一种不会。不会轻易说出口的那些词通常令人痛苦，比如：

——饥饿；

——干渴；

——寒冷。

毫无疑问，这些是真实的。问我，问那个男孩，问任何远行的人都是这样。

但还有一些词，人们却假装是真实的，比如：

——事实；

——正义。

这是些会轻易说出口的词，主要取决于谁管事，谁判决，以及那些人想要得到什么或放弃什么。所以我觉得这类词都是编出来的，爸爸。它们像非洲边界线一样，都是虚构之物。因为爸爸，我觉得我所说的事实和移民局认定的事实不是一回事，但谁能断定我是错的，而移民局是对的呢？我觉得这也意味着要把“对”和“错”加入能轻易说出口的词语类别里。“美”大概也属于这一类。我不想把“美”放在这个类别里，爸爸，因为你让我看到了真正的美。但男孩的头骨和祖母的长条香皂呢，爸爸？这些东西真的可以让世界变得更美吗？你是这个意思吗？

还有这个词：如果。这是个很小、很小的词，爸爸。

如果每件事都核实无误的话，就没问题！

很小，却又很大。这个词可以把我和男孩送去血石，也可能不是血石。血石似乎也是个编得很好听的词，爸爸，所以它大概也不是真实存在的。

但我觉得它是真实存在的。

73 病

我病了。一开始我以为自己只是在梦中病了，但不是，我躺在爸爸妈妈曾经睡过的床上，整个人都湿透了。我发烧了，不停地出汗。我在旅途中从未生病，即使在沙漠里喝了那个盲眼女孩给我们的脏水也没有生病。穆罕默德生过病，他吐了，还腹泻，病了好几天。我的胃却一直很强健。还有恙螨，恙螨咬了穆罕默德的脚，却没有咬我的脚，它们也没有像咬穆罕默德的私处那样咬我的私处。但是如今在这个有着充足食物、饮用水和干净被单的地方，我却只能大汗淋漓地躺着，不能动弹。

“大概是你的身体松懈了，”祖母说，“现在也确实可以松懈了。”她的声音从我头上飘过，“你躺好不要动。”

我没动。我觉得身子很重，像是被焊在垫子上了一样。我头疼，四肢也疼。时间一点一点地过去。我不知道过了多久，也不知道过的是哪种时间。我既在床上，又没在床上。我听见人们进出房间，却看不见他们。也许我睡着了，也许我有点神志不清。我还听见了说话声，一个人的说话声。

祖母的说话声。

是从楼下的起居室里传来的。祖母在和男孩说话。

祖母说："说穆罕默德。

"说'我叫穆罕默德'，穆——罕——默——德。你会说的吧，穆罕默德?

"说祖母，祖——母。你会说祖母吗，穆罕默德?

"穆罕默德，我给你东西的时候，你得说谢谢。谢谢。你会说谢谢吗？谢谢你给我的饮料。这是饮料，穆罕默德。

"杯子。

"水。

"三明治。

"你会说三明治吗？"

她一直说，一直说。那声音在我的脑海里回荡。如果我能坐起来的话，我就会去楼下让她别说了。

您能别说了吗，祖母？您会说闭嘴两个字吗？您会写闭嘴两个字吗？请您闭嘴吧，别再缠着他了。

但那声音仍持续不断地透过地板上的缝隙传入我的耳中。

然后我开始做梦。

我梦见了血石。我梦见阿伦岛的这块石灰岩上有个洞，是站在上面为自己辩护的人踩出来的洞。但我的法庭里没有人，只有词。词从墙缝里往外钻，从天花板上往下掉。词在不断地降落，所有的词都掉到血石上。比如说：

——正义；

——事实；

——对；

——错；

——非法；

——三明治；

——水；

——杯子。

这些词掉下来的时候分解成字母，黑色的字母掉了下来，但它们落在血石上的时候不再是固体，而是成了液体。红色的液体四散飞溅，像血一样。

过了一会儿，很多词都死在石头上，那石头上的洞变成了很大的血池。

74 好转

过了一段时间，我好多了，好到有力气睁开眼睛，下楼喝汤了。

祖母说："你昏迷的这段时间，穆罕默德就睡在你旁边的地板上，每天晚上都是。我担心他会被传染，但是不管我把他带回卧室多少次，他都会跑回来。你知道吗？"

"不知道。"我说。

也许我知道。

"对了，"她又说，"我给你换床单的时候发现了这个。"

是我的刀。

"这不是个好东西，我希望你以后用不到它。你介意我扔了它吗？"

"不介意。"

我真的不介意。这栋房子里有很多刀，还有一把斧头。

75 莱夫查姆溪

我身体好了之后，就带男孩去了祖母家后面横跨莱夫查姆溪的那个“马”，一个让人头晕目眩的地方。我们从后花园的门出去，经过放在拖车（还在，不过完全荒废了）上的划艇，穿过那片沼泽地，然后来到进入树林的小径。我带他穿过一排长满苔藓的小块圆石，他伸手摸了摸那些苔藓，以前我在他这个年龄也会这么做。苔藓很柔软，有些弹性，仿佛头上的鬈发。我带他穿过树林，来到溪水如瀑布般流下小山的地方，让他自己站着看。我什么都没说，没有教他任何东西，也没有解释。只是让他自己体验，就像我当年一样。

我帮他穿过溪流，因为我知道什么地方水面宽阔、水流清浅且安全。然后我们继续走，走到那棵倒下的树旁，它架在湍急的水流上方，位置很高，看起来令人眩晕。男孩坐下了，很自然的样子。这棵倒下的树上长了很多苔藓，他坐着抚摸苔藓，同时倾听流水拍过石头的声音。

我不知道他坐了多久。大概不是很久，不过足以留下回忆。

我们刚到喀土穆的时候我还很小，当时我一直谈论家的事情。在苏格兰的家，还有我如何想念那个家。

爸爸说："家不只是你出生的地方，还是你留下回忆的地方。过段时间你也会记住这里，在苏丹留下回忆。"

我回答："不，我不会的。"

爸爸说："梅丽，你谈论家的时候，说的都是阿伦岛，其实你真正的家在格拉斯哥。你觉得这是为什么呢？"

我不知道。

爸爸说："因为阿伦岛在对你诉说，梅丽，你在选择你的记忆。留下回忆的同时也是在选择自己的回忆。不要忘了选择的力量，梅丽。"

所以我带男孩来莱夫查姆溪。我希望在他满是沙尘的记忆里，可以留出一个地方来纪念这棵让人晕眩的树和瀑布般的流水。

76 培土施肥

祖母站在后花园里。

“你去哪儿了？”她问。

“去了溪边。”我说。

祖母说：“既然你有力气去溪边，不如来园子里干点活。你以为岛上的食物都是免费的吗？”

从前，祖母的花园里长满了花草。现在已经没有了。花园翻整过，用木头、藤条、聚乙烯薄膜和纱网分成整整齐齐的格子。祖母的花园现在成了一大片菜地。还不到播种的季节，但祖母已经种了很多东西（长势各有不同）：

——卷心菜；

——花椰菜；

——洋葱；

——莴苣；

——芦笋；

——甜菜根；

——大黄；

——树莓。

还有土豆。

“你可以帮我给土豆培土，”她说，“然后去找点肥料。”

“给土豆培土”的意思是把土堆在土豆根茎周围，祖母说这样可以防止土豆变绿。看样子，我们离开的这段时间里，祖母学会了不少东西。

她蹲下，双手捧起土教男孩怎样快速培土。男孩觉得很有趣，也立刻学着用双手捧起土。

“对，”祖母对男孩说，“干得好，非常好。”

男孩笑了。

他笑了。

然后他继续培土。

“你学得真快，穆罕默德。”祖母说。

这情景让我想起以前那些人教我制作土砖的那段时光。我做成第一块土砖的时候真的非常高兴，他们也表扬了我。我想已经很久没有人表扬我了。

“你上学的话也一定学得很好，”祖母说，“梅丽，来，你也来干活。”

我也走了过去。很快我们给二三十个土豆都培好了土。

“现在该找肥料了。”祖母说。

肥料就是指海草，海滩上有不少。

“免费肥料。”祖母说。她肯定研究过，祖母要做什么事情的话，就会全心全意去做。

于是我们去海滩收集肥料。这种海草在湿的时候好像棕红色的长条意面，有点黏糊糊的那种意面。干了之后就会变脆，一捏就碎，闻起来有海水和盐巴的味道。祖母教我们如何把它撒在菜地里，如何翻土让它覆盖菜地。

“穆罕默德，好孩子，”她说，“你真是个好孩子。”

我不嫉妒，真的不嫉妒。因为祖母和我在做一样的事情，她在帮男孩留下回忆。

77 甜食

祖母必须得去拉姆拉什的法庭。

“不是处理你们的事情，”她说，“只是日常事务。你们自己待着没问题吧？”

这话说得就像我不是自己从喀土穆走了一万公里才过来似的。

她去了大约六个小时，回来的时候带了礼物，至少是给男孩带了礼物。她给他带了一条裤子、两件合身的T恤。一件是大红色的，一件是绿色条纹的。男孩立刻穿上红色那件。

“说‘谢谢祖母’。”她说。

男孩没说，不过他倒是把衣服穿好了。

“很合适，”祖母说，她又转向我，“我觉得你想自己选礼物。”

这是真的，但此时听起来却不像真的，因为我的胃突然一紧。

祖母又说：“我还带了这些东西。”

是甜食，袋子上印着“传统甜食店”的字样。

里面装的是：

——奶油薄荷糖；

——乳脂软糖；

——有包装纸的太妃糖；

——裹可可粉的夹心软糖；

——蜂窝糖。

她把袋子递给我。

“不用了，谢谢。”我说。

“怎么了？连太妃糖都不要？你以前很喜欢吃太妃糖和乳脂软糖啊。还记得你妈妈自己做的软糖吗？用工程师所擅长的精确计算做出来的？”

记得，我当然记得。她又是称重又是量尺寸，做出来之后我们都给吃了。那糖软软的。都是从前的事情了。我忽然流口水了，但还是摇了摇头。又是拒绝，可我也不清楚自己是在拒绝什么事情，或者什么人。

男孩拿了一块太妃糖、一块奶油薄荷糖和一块蜂窝糖，他把这些东西一起塞进嘴里。

“喂，喂，”祖母说，“慢点吃，小伙子。”

但是男孩没有吃慢点。

祖母也没有说什么。

他们两个一起笑起来。

我经常听见男孩笑，却很少听见祖母笑。

哈哈哈哈哈哈哈。

男孩边笑边嚼糖果。祖母指着他的嘴巴说：“你知道的，吃太多太妃糖，你又会有一颗断牙。”随后她又补充一句：“幸好你那颗牙还是乳牙，不然我们就得去补牙。补牙你就笑不出来了。”

祖母没说我的断牙，可能是因为它藏在我紧闭的嘴巴后面。这颗永远残缺的恒牙。

晚上睡觉的时候我没睡着。

祖母上楼的时候我依然醒着。她熄灯之后又过了一会儿，我偷偷下楼拿了一块太妃糖，像个小孩一样。

我——像个小孩!

我把糖粘在硬腭上，躺在床上一边舔一边等男孩过来。

但是今天晚上，他没来。

78 站在山顶看风景

我还在路上的时候，有时候不知道自己在哪里，不过我一直很清楚自己要去哪里。现在我到达了目的地，情况却反了过来。我知道自己在哪里，却不知道自己要去哪里。我的脑子一片模糊。

我决定爬到祖母家后面那座山的山顶。从前，山顶总是会让我头脑清晰。

“我们从溪流那里过去，”我对男孩说，“在那棵让人眩晕的树那里停下。”

男孩摇了摇头。

他，摇了摇，头。

“他和我留在家里，”祖母说，“帮我搬木柴。你愿意待在家里吧，穆罕默德？”

男孩点了点头。

我看了他一眼。

他也看了我一眼。

于是我就自己去了。我走得很快，没有停在如瀑布般倾泻的溪流上方的那棵树那儿。没停，我一直往前走，穿过生长多年的茂密灌木丛。很显然，除了我，根本没有人从这里走过。我最终气喘吁吁地来到山顶，浑身都是划伤。

今天天气晴朗，温和宜人，我可以看到几英里远的地方。我头顶是广阔的天空，身后是阿伦岛的沉睡勇士山，山里有几个村庄，几条弯曲的道路，但是看不到士兵。我前方是波光粼粼的克莱德湾——将阿伦岛这片安全地和大陆分开。

我的呼吸顺畅了不少，但只是暂时的，因为对岸的大陆上有一些别的东西。

难民营。

对岸难民营里的黑点是一大堆飘扬的聚乙烯薄膜和忙碌的“蚂蚁”。

我已经在岛上了，也就忘了那个难民营，但是难民营还没忘记我。它就潜伏在那里，默默等待着。也许就是因为这个我才爬上了山顶。我知道难民营就在那里。我能看见它，也必须面对它。

我心里有一部分在喊道：“坚持住！不公平又怎样！这难民营跟我还有什么关系？我的旅行不是已经结束了吗？”

我闭上眼睛，希望睁开的时候难民营已经消失了。

但是它还在。

可是这个难民营应该消失呀，它本来就是基于不存在的东西才搭建起来的。

我又开始觉得头晕，因为也许不只有词语在滑落，事实也如此？我看了看周围，想去找点支撑、解决问题、核查坚实之物：

——天空；

——海洋；

——陆地；

——岩石；

——土壤。

是的，爸爸，我觉得我们可以认同这些东西。人可以依靠这些真实的东西——可以伸手摸到的东西。

但是那些非真实的东西呢？虚构的东西呢？我们自己编出来并为之命名的东西呢？它们像岩石一样真实，比如说：

——规则；

——民族；

——国家。

还有边界。

一直都是边界。

边界。边界。边界。

这些东西和岩石不一样，它们是你不能理解，也触摸不到的，是编出来的东西，是古怪的东西，经常变化、四处游荡、毫不稳定。

所以这个难民营，这个建立在国家和边界一类虚构事物基础之上的难民营——不应该存在，但是它却存在着。难民营是真实的。我之所以知道这点是因为只要走得足够近，你就能触摸到那些聚乙烯薄膜和蚂蚁般渺小的人，你还能触摸到他们的痛苦。

因此，我不再否认那个难民营。不管我看还是不看，它都真实存在。我的脑子不再模糊不清。我决定和高级议员谈谈那个难民营的事情。

79 彼得存在着

彼得也存在着，我对此确信无疑。他存在，是因为你可以摸到他（我没摸过），也是因为他总在港口。早晨他在那儿修理船只、整理渔具，或者整理要运往岛上其他地方的货箱。下午如果你正好在海滩上收集冲上岸的海草，就能遇到他。傍晚时分他会在那儿卸货、开箱、收缆绳、吹口哨。我从山上下来的时候他也在那儿。

“你好啊，梅丽。”彼得说。

打招呼没什么奇怪的，只不过在我上岛之初，彼得说过一些奇怪的事情。

比如我生病之后他第一次见我时说：“很高兴你又能到处走动了，梅丽，我很担心你。”

我觉得不管我是死是活，对他来说都无所谓吧。

他说：“你要照顾好自己，再长点肉。”

这话说的就像长肉和往面包上涂黄油一样简单似的，只要涂、涂、涂就好。

他说："梅丽，消停会儿。有没有人说过你眼睛很美？"

这说明彼得和我看的不是同一面镜子。

他还说："仿佛上帝赐给你一小片天空，一片明亮、蔚蓝的天空，就挂在你鼻梁两侧。"

正常人不这样说话，尤其是像彼得这样的人。根据我的经验，只有书里的人才这么说话。不过我已经很久没有读过书了，所以也许是我搞错了。

"你好，彼得，"我回答道，"你知不知道你的名字是'岩石'的意思？"

多年前爸爸的解释突然闪现在我的脑海中。我记得我们从前说过彼得的事情，也可能是祖母说过。她说生活在岛上的男孩起名为彼得真是奇怪，一点都不像苏格兰人。爸爸说："这个词[①]来自希腊语，石头的意思。"这大概是彼得存在的另一个原因，也是他看起来如此鲜活的原因。

"你就像岩石一样真实地存在着。"我补充道。

"你也存在着，"彼得说，"但有时候我觉得你和我们不在一个维度。"

他笑了起来，但那笑声不吓人。彼得又说："不过很高兴看到你独自外出。"

"独自？"

"你没带那个小尾巴。"

"什么尾巴？"

"当然是莫啊，"彼得笑着说，"我不是不喜欢他，他是个好

① 彼得的英文是"Peter"，源于希腊语"petros"。

孩子，但有点不自然。”

“什么不自然？”

“他跟着你的样子啊，艾琳说你生病的时候他一直睡在你床边。”

“他根本不认识其他人啊。”我有些不高兴地说。

“也是，”彼得说，“可能他需要同龄的朋友，”他停了一下又说，“或许你也需要。”

80 谈话

和祖母的谈话并不成功，大体是这样的。

我：“阿伦岛打算怎么处理难民营里的那些人？”

她：“阿德罗森的那个难民营？不管他们。”

我：“不管？”

她：“难民营在苏格兰境内，不在阿伦岛，所以归苏格兰大陆管。”

我：“但是祖母，难民营里的那些人想到岛上来。我们这里物资充足，可以分享给他们。我们有食物和土地。我们有很多食物，甚至有甜食、有鱼，还有蔬菜。我见过彼得了，他每天都能打到鱼，土地也充足。我今天从山顶往下看，发现四面八方都有空地，无人居住，足够让难民营里的所有人定居。”

她：“哈哈哈哈，没这么简单，梅丽。如果我们让难民营里的那些人都进来，就会有成千上万的人蜂拥而至。要是你现在把难民营里的人救出来，转眼间它又会挤满了人。”

我：“那就把他们也安置在岛上。我们可以腾出更多土地，让他们种土豆、捡海草，和我们一样生活。”

她：“唉，梅丽，这些东西都是你爸爸教你的吗？岛上的资源不是用之不竭的。你把它想象成一条筏子，或者一艘救生艇，漂浮在即将沉没的大船旁边。救生艇上能容纳的人数有限，如果超载，它就会沉没。所有人都会死。”

一阵沉默。

我：“那您不在乎吗？您不在乎难民营里那些人的死活吗？”

她：“谁说我不在乎？我当然很在乎，但那些人不是我的首要职责。我必须照顾好阿伦岛上的人，岛上的人才是优先考虑对象。我必须确保岛上的人有吃、有住、有医药用品，还必须维持秩序和法律。这才是我的工作。我的职责就是保护岛上人的安全，确保阿伦岛运转正常。你必须明白，我得保证岛上一切正常。梅丽，有很多地方——不在了。”

又是一阵沉默。

她（继续）：“再说了，梅丽，我们不可能像关心近亲一样关心世界上的每一个人。”

我：“不可能？”

她：“是啊。试想一下，你对那个难民营里所有无名的陌生人都抱着家人般的感情，他们中的一个人、两个人，甚至上百人死了你会感到悲痛。但再放大一些，你会对撒哈拉以南地区的数百万人都像，呃，都像对穆罕默德一样关心？像对你爸爸妈妈一样关心？这是不可能的，你不可能悲痛欲绝，顶多难过一会儿。人类天生如此，梅丽。我们不可能关心所有人。我们的爱就像一串同心圆，家人在中心，友人、亲属次之，越往外爱越少。”

我们又沉默了一阵，因为我必须思考一下。爱是同心圆这个说法让我想起城堡外侧同心圆状的花园，还有层层锁起来的塔。我被“爱”这个词打击到了，因为我已经很久没听人说过这个词了，也不确定它到底是什么意思。再说了，穆罕默德不就是撒哈拉以南地区那些我不该关心的人之一吗？

我还没想明白，她又说：“你可以这样想，梅丽。要是你爸爸回来时，我们不得不通知他‘抱歉，岛上住满了难民营里的人，你不能上岛’怎么办？”

我倒是知道该怎么回答这个问题。

“没关系。”我说。

“没关系？”祖母问，“你为什么觉得没关系呢，梅丽？”

我说：“因为爸爸不会回来了。”

81 沙漠检查亭

当时事情是这样的，至少根据我的记忆是这样的。但我不愿想起任何细节。

我之前说过无数次，爸爸下了车。那是一辆吉普车，一辆民用车，不是军用车。下车时，他脸上还带着一副“世界很美”的表情，双手摊开。他举起双手，就像在赠送礼物，或者接受礼物。他看起来很冷静。

但那些士兵不冷静。他们焦躁不安、大喊大叫。可能是检查亭里发生了什么状况，也可能是要我们所有人都下车。

这时候妈妈也没闲着。她从衣服里面掏出一些东西，钱、镶钻石的金戒指（我后来才发现），还有我的机票和文件，这些由她帮我保管。

她低着头，躲在车窗下面把这些东西递给我时小声说：“梅丽，记住，不管发生什么事，你都必须活下去。”

这是她下车前跟我说的最后一件事。也许她知道到底发生了什么，但我不这么想，我觉得她只是以防万一。妈妈是个聪明人，擅长处理多项任务，当前需要用到的数据她都能第一时间想好。我还没来得及把这些东西放进衣服里，妈妈就已经下车去找那些拿枪的人了。

“我是个科学家，是工程师，”妈妈非常冷静地喊道，“我在你们的国家工作，我为你们的国家工作了六年。我们获准通过边界，我丈夫、我自己和我女儿都有文件。”

“那个男孩也有文件，”爸爸说，“穆罕默德，他和我们是一起的。他也有文件。”

没错，是爸爸主动说起的穆罕默德，那个爱说话、被恙螨咬了的穆罕默德。爸爸也把他算作我们家的一分子，因此我知道，要是爸爸像我一样在路上遇到了这个哑巴穆罕默德，而和这个哑巴一起的那个老人倒地死去的话，他肯定会毫不犹豫地收养他。这两个男孩截然不同，一个是他认识的，另一个是他不认识的。但是对爸爸来说没差别——在他看来，他们都是孩子，是有需要的人类。他会去帮助这些孩子，就像他希望有人在关键时刻帮我一样。事情不会比这更复杂，所以收养的说法不是凭空编造的。我发现在这个摇摇欲坠的世界，只有写下来的东西才被认为是事实，那些写在纳米网或者纸片上的东西。但是我觉得除了写下来，事实还可以被说出来、做出来、感觉出来。

在沙漠的时候，就连爸爸也绝口不提穆罕默德的爸爸的事情。他没提，没有任何人提及他在一阵嗒嗒嗒声之后死在检查亭里的事情。

拿枪的人互相吼叫，他们说的是阿拉伯语。

“他们说了什么？”我问穆罕默德。

穆罕默德没有回答。我觉得他的心思还停留在检查亭里。

我轻轻地打开车子后门——远离爸爸、妈妈和士兵那一侧的门，只开了条小缝，因此那边看不出来。

我小声对穆罕默德说：“我说跑，你就跑，好吗？”如果那时候我知道更多的话，我就会再补充一句：“别回头看。”

“废话说得够多了，”妈妈说，“这里谁负责？我要跟你们上级交涉。”

爸爸总是笑话妈妈追求级别，妈妈则说：“这是减少中间环节的手段，直接到达最高级别。”

但那天情况不同。那天，这种手段引来了子弹，引来了很多子弹。

嗒嗒嗒嗒嗒嗒嗒。

妈妈脸朝下，倒在尘土中。

“跑！”我对穆罕默德喊，并在他背后推了一把，把他推下车，推进沙漠里。他跑得飞快，像风一样，我觉得他不可能回头看。

但我回头看了。

这是个错误。

我没看见妈妈，因为她已经倒在地上了，吉普车挡在我和她之间。但是爸爸——我看见了爸爸。我听见了那个声音，第二次嗒嗒嗒嗒嗒嗒声，我看见他倒下了。不过他并不是像那个嗒嗒的声音一样慢慢倒下的，也没有像电影里一样随着子弹的射入剧烈抖动。他像一朵花似的倒下，缓慢又优美，仿佛被风吹动。又或者他很快就倒下了，子弹一击中他，重力就拽着他快速倒了下去，只不过我是在羁押时间中看着他，我不希望他倒下，因此一直让他保持倒地的姿势。倒下，倒下，倒下，但从未落地。

他一直没有落地。

他没有消失在吉普车后面的尘土中。我没有看到那一幕，所以我才理解男孩和橙色围巾的事情。我明白，只要你愿意，你可以让人们一直活在你的脑海里。你依然可以让他们活过来，听到他们的声音，在人群中看到他们，尽管你很清楚他们已经死了。

82 我跟祖母说

在爸爸倒地之前，我也跑了，就跟在穆罕默德后面。我觉得很奇怪，为什么那些士兵没有来追我们？不过他们已经拿到了车、爸爸的钱和我们行李箱里的所有东西，大概认为不需要再费劲地跑一趟浪费子弹了吧。就算脖子上没有背着一百发子弹，在那种大热天里跑起来也很困难。再说了，他们认为我们两个会被困在沙漠里，必死无疑。

不过，丢下爸妈逃跑这部分我没告诉祖母，一点都没说。我不喜欢这一段。所以我只说了逃跑之前的情况，而且说得更简略。

我是这样说的："祖母，您不用担心爸爸对难民营的想法，因为爸爸不会回来了。他不会回来，是因为他死了。死了。死了。死了！"

我把"死了"这个词大声说出来的时候，城堡的锁砰砰作响！所有的锁一起响了，只有一把除外。

"他下了车，高举双手表示投降，但他们还是朝他开了枪。砰砰砰砰砰砰砰！他们又朝妈妈开枪。其实他们先朝妈妈开的枪，然后才是爸爸，所以妈妈也回不来了。他们两个都回不来了。回不来了。现在回不来，永远都回不来了。所以收容多少难民营里的人都无所谓，您明白吗？”

祖母也许会说：“哦，天哪，天哪。”

或者说：“可怜的爸爸。可怜的妈妈。可怜的你。”

甚至还会说：“哦，可怜的我。”

但是她没说话，只是起身走了过来，狠狠打了我一巴掌。

啪！

打得我摔倒了。

我回来了，但爸爸没回来，所以惩罚我。这没问题，因为我觉得自己应该被打。

83 蜜蜂

那天晚上我梦见了蜜蜂。梦里有三只蜜蜂，它们有头、有胸、有翅膀、有腿，但是没有腹部，所以它们只好自己编织。它们在下腹编织出了颜色非常美丽的线圈，半透明中透着明亮的色泽，像硬糖一样。这些线圈不是条纹状的，而是单色的，一只橙色、一只黄色、一只淡绿色。我从来没见过这么美丽、勤劳又奇怪的生物。

醒来之后我发现蜜蜂都消失了，让人遗憾。

我也不知道自己为什么会梦见蜜蜂，它们和我目前的生活没有丝毫关系。我努力想了一下，有可能是这样：这三只蜜蜂代表我、祖母和男孩——我们每个人都在用属于自己的颜色编造着自己的说辞。我想我应该是橙色，男孩是黄色，祖母是绿色。

也有可能是这样：那三只蜜蜂很美，仅此而已。爸爸啊，这世界多美啊！

或者还能这么说：那三只蜜蜂用它们的蜂针编织着生机勃勃的香气。

爸爸，我还记得你跟我讲过的有关痛苦和快乐的道理，这两者相互交织，水乳交融。正因为爱着某人，你才会为他们的离去而哭泣。

总之，我可以假装这些蜜蜂都有深意。我可以从中总结出一些意义。世界上的每一个人都在找寻意义。但我觉得，有时候有些事情是没有意义的，它们就只是发生了。比如蜜蜂，比如爸爸妈妈被开枪打死。

所以事实可能就是并非每件事都有意义，没有意义也挺好。

可是这个结论给人的感觉并不好。

84 心动

祖母打了我之后并没有过来抱抱我，也没说让我们重新来过。也许这一次她是在等我主动去找她，也许她想要我先道歉，也许她只是想有人去抱抱她。你怎么可能会知道别人想要什么呢？光是知道自己想要什么就已经很难了，有时候你倒是很容易知道自己不想要什么。我目前真的不想要心脏狂跳，可是有时候我的心脏会一天突然狂跳个四五次。心跳加速当然是有原因的，原因如下：

——忽然发觉身后有脚步声；

——从窗户上跳下去，或者从行驶中的交通工具上跳下去；

——爬上河岸之后却看到穿靴子的士兵；

——你眼前的人有刀，或枪。

我不知道你看别人的胳膊是否有和我一样的感觉，尤其是看彼得的胳膊，准确来说是他的胳膊和肩膀。也许这种感觉不完全是恐惧。恐惧引起的心跳加速会让你呼吸急促、嘴唇发干。看到彼得手臂的那种感觉也让我呼吸急促，口水却会变多。

这是因为彼得那样子看着我。那种神情很难描述，之前从没有过。他的眼睛就像大头针一样牢牢钉住我。这种感觉也不讨厌，就是有点不自然。我觉得脖子后面不舒服，仿佛有风吹过一样。我描述不出这种感觉，不过心跳确实会有轻微的加速，我把它称为心动。

我忽然想起，有时候我挺聪明，有时候却很笨。我对心动这件事尤其笨。我发现心动出现在两种时候——他看我的时候和我看他的时候。

现在就已经在心动了，就在我看着他在太阳底下干活的时候。

天气很暖，他干活的时候穿着短裤和短袖。那件短袖其实更像背心，所以你可以看到他的双臂和肩胛骨边缘。由于一年四季都在户外从事体力劳动，他的肌肉强壮，线条明快，皮肤呈现出古铜色。我喜欢彼得的胳膊，喜欢他宽厚结实的古铜色肩膀，也喜欢他稳健的举止，他摆弄船只时十分自信，随性洒脱。也许你会想，这些事情不足以让人心动。

我也喜欢他的头。虽然有点大，但又大又结实，还有一头乱蓬蓬的稻草色头发。他的头发长得很长，干活的时候会把它们从眼前拨开，用汗水捋到后面。我坐在系船柱上，看不见他的眼睛，但我知道他的眼睛是什么颜色。是灰色的，瞳孔周围有一圈黄色。

彼得没说最近有什么怪事，也许是因为最近几次他说什么我都没有回应。我只是直视着他，看他身边的情况。但我发现自己现在很警惕——主要是以防万一。我想听到他说这些事情。我等着。这也是心动的过程吧，我觉得。

彼得工作的时候完全沉浸在自己的世界里，不知道箱子里到底装了些什么，他收拾完之后转向我。他知道我一直都在看他了。

“你想过来坐坐船吗？”他问。

心动。

“不用了。”我说。

“试试吧，你会喜欢的。今天傍晚的景色很美，我带你绕着圣岛转转。”

心动。心动。心动。

“也许我会喜欢吧，”我说，“不过他还是算了。”我指指男孩，他正在遍布岩石的海滩上堆石头。他经常在这里堆石头。海水把他堆的石头冲垮之后，他就从头再堆。“你知道他去了海上会是什么样子。”

“我没问他，”彼得说，“我是在问你。”

85 圣岛

我们乘船出去了。天空和大海环绕着我和彼得，一切都是真实的。船是蓝色的，船上有间简单的木质驾驶室。我坐在白色的长条凳上，彼得站在一旁，单手操作船舵。他仿佛用一根手指就能控制船。周围有发动机的声音、海浪的声音，偶尔还有海鸥的叫声。

我们谁都没说话，也不需要说话，只是偶尔互相看一眼，这也是一种心动。他驾船向南行驶，看到海岛之后就沿着海岸行驶。那座岛从拉姆拉什海湾的东部冒出水面，如同一头巨型的翡翠色海豹爬出来晒太阳一样。我们靠近时，一团云掠过太阳，在柔软金黄的阳光下懒洋洋地晒着它的脊背。我不禁走了神，想起爸爸说的话：Inis Shroin。

我忍不住大声说出来："Inis Shroin。"

"什么？"彼得问。

"爸爸说，这个岛在几千年前就叫这个名字，是苏格兰盖尔语。Inis Shroin，意思是水魂之岛。"

彼得说："哈，这岛前几年差点改名为死囚岛。"

"嗯？"其实我并没有在听他说。

"独立谈判的时候，事情搞得一团糟，"彼得继续说，"跨代议会觉得如果我们要有自己的法律体系，那我们不光要有自己的法庭，还要有监狱。也有一些霸占全岛的言论，"这些话从我头顶高高飘过，我甚至可以看到它们挂在空中，"总之就建在阿伦岛上。要用便宜又高效的方式建成一座监狱岛。"

他稍微停了一会儿，又说："但那是血石和手枪出现之前的事情了。实际上，这个办法更简单。"

"我不想说血石的事情，彼得。"

"好吧，"彼得关掉发动机，"我也不想。"

我们现在在岛屿的浅滩处，船离岛很近，彼得把银色的船锚抛了下去。我看着后面那些生锈的铁链敲得船舷叮当作响。

"太阳会从岛屿后面沉下去，"彼得说，"我整日都看天。每年的这个时候，天空晴朗，飘着几朵今天这样的云。傍晚的景色很美，到处都是红色和金色。"他挨着我坐在白色长条凳上。如果你想看太阳从岛上西沉，就得坐在这条凳子上。他和我之间还有一段距离，至少十五厘米。

周围一片沉默，是很友好的沉默。船轻轻摇晃着，真实的风吹着我胳膊上的汗毛。

过了一会儿，彼得说："我不知道这个岛原本的名字，不过我觉得这讲得通。这个岛以前是用作墓地的吧。"

我还在想彼得以及我们之间那十五厘米的事情，于是只好问："嗯？"

"本来阿伦岛的人把死去的亲人埋在圣岛上，因为魂魄不能渡海。这样的话，死者就不会来打搅生者。”

“我不想谈死者，彼得。”

彼得问：“梅丽，你想谈什么？”

这个问题很麻烦。“大概我什么都不想谈。”

“好吧。”

又一阵沉默。

“可能我想唱歌吧。”

“唱歌？”

“听你唱也不错。”

彼得大吃一惊，说：“我！”

“就是你总用口哨吹的那首歌，或者说你之前经常吹的那首，在我们还小的时候。关于旅行和故乡的歌，关于雾，还有返回。”

“你是说我爸爸的那首歌？”他说，“《我将去何处流浪》？”

“对！”我怎么会忘了那首歌呢？那是他爸爸的歌，也是我爸爸的歌。夜里在敞开的窗边拉小提琴，爸爸温柔的声音从圣山之间传来。

“吹口哨不是唱歌，梅丽，”彼得说，“我不会唱歌。”

“拜托了，彼得。”

他开始试着哼唱，接着加上了歌词，我不知道歌词对不对，但它们就那样环绕在我身边。“我将去何处流浪，也许我会回家。”我不由得加入了进去。并不是我们唱得多好听，我可以确定我们跑调了。不过这音乐交织着过往和期待，在我们两人之间流动。

歌曲结束后——但它永远不会真正结束，他看着我的眼睛。我不知道我的眼睛告诉了他什么，只是他靠近了我。那十五厘米变成了零厘米，他的腿挨着我的腿，虽然我穿着长裤（和我在沙漠的时候一样），却还是能感觉到他的肌肤。他的嘴也靠近我的嘴。我喜欢他的嘴，真的，他的嘴也很好看，比他的胳膊和肩膀还要好看。但是当彼得的嘴靠近我时，它突然变成了麦罗埃陵墓里那个男人的嘴，成了散发着烟草和疯狂气味的黑洞。

我尖叫起来。

尖叫。

“嘿，嘿，嘿，”彼得说着向后退去，退了一大段，“怎么了？怎么了！”

我拼命尖叫着，尽管那声音很令人讨厌。

“别叫了！”他说，“我的天哪，梅丽，别叫了！你和穆罕默德都怎么了？我也要给你盖条毯子吗？”

那个讨厌的声音还是没有停下来，他猛地在船里找来找去，结果找到一块很大的防水布，盖在我头上。

“给你，”他大声说，“好些了吗？”

确实好些了。我很感激这份重量和这份黑暗，待在里面真是太好了。

我安静了。

86 档案记录

我们回到港口的时候，祖母正站在码头边，她看起来不高兴。事实上，她看起来比初见我和男孩的时候还要生气。她接过彼得扔给她的绳子绑在系船柱上。防水布从我头上滑下去，就像毯子从男孩头上滑落一样。我不知道自己看起来是什么样子，但彼得脸色阴沉。开船返回码头的途中，他一言不发。他的嘴巴抿成一条线，只是我觉得那线条有些悲伤。不过我一向不太能判断别人的情绪，而祖母丝毫不关心我们的表情是什么意思。

“到屋里来，梅丽，”祖母说，“马上。”

一开始我以为祖母是因为我把男孩一个人丢在沙滩上才生气，然而她带着我径直从男孩身边走过，根本没看他和那堆石头（现在堆得多了些）。

我们坐在餐桌边，她的笔记本电脑上收到一封来自法庭官员埃丝特的邮件，标题上写着“返回者1787携带非法移民入境报告——绝密”。

“自己看。”祖母说。

于是我看了。

里面是官方记录的我去年的运动轨迹。返回者1787的经历如下：

1.在喀土穆注册，获准入境。

2.没有苏丹/埃及的出入境记录。

3.因违反634H条款而被拘留在开罗机场。

4.在英格兰伦敦被驱逐出境。

5.在希思罗6号拘留中心被拘留。登记为未成年人，但还没被正式转交给官方看护中心时就从拘留中心的暴乱中逃跑。

6.在英格兰/苏格兰边界处的斯基特比学校的拘留中心被拘留，被怀疑不是未成年人，并被正式指控携带非法外国移民——“莫”。未经授权便携带该外国人逃走。

7.没有从苏格兰大陆进入阿伦岛的记录。

8.阿伦岛入境登记处，返回者1787和穆罕默德·贝恩一起入境。搜索穆罕默德·贝恩，没有信息。国家数据库和北半球数据库里没有穆罕默德·贝恩这个人。指纹和虹膜搜索还在进行。

祖母很擅长提问。根据档案记录，她有可能问我这些问题：

一、梅丽，你是怎么穿过苏丹边界却没留下记录的?

这个问题不好回答。我用妈妈的钻石戒指行贿了，还有她给我的那些钱。代价不算大。那群走私犯不只是为了钱，后来我才发现，他们还不愿意冒险。卡车在苏丹边界附近把我们放下，空车安全地穿过边界检查亭，然后又在埃及边界以北八公里的地方重新把我们拉上。这段路我们是走过去的，走了一整夜才穿过沙漠。

二、634H条款是什么，梅丽?

要是你过边界的时候文件上没有签字，就会违反634H条款。环球护照上没有盖“准许旅行”的官方印章，也会违反634H条款。

三、为什么你在希思罗被认定为未成年人，却没有被送去官方看护中心？

祖母，这是因为当时拘留中心发生了暴乱，而且是很严重的暴乱，我必须抓住这个机会，带着打火石逃命。首先，我得感谢那把没有子弹的枪；其次，要感谢那个叫菲尔的人。

但祖母没有问任何问题。她对我的旅行不感兴趣，只对我到达终点那部分感兴趣。

“都是编的故事，对吧？”她说。

“对。”我说。这个词真是让我松了一口气。

“没有人偷你的文件，”祖母继续说，“你在这件事上撒了谎，在其他事上也撒了谎，包括收养。你爸爸根本就没有收养那孩子。事实上，你爸爸根本就没见过穆罕默德。谁知道他到底叫不叫穆罕默德。你遇到了他，但不是在你去希思罗的路上。不，他不是跟你一起回的国，你一定是在北上的时候遇到他的。你太冒险了，梅丽，就为了一个刚认识几星期的孩子。”

最后这部分不是真的，但我不会去反对祖母，因为她从来没有自己旅行过。只有旅行过，你才会明白时间及时间的流变。重要的不是你和那人在一起的时间有多长——几分钟、几小时、几天或几年，而是在那期间发生了什么。你们一起经历的那些事情（无论大小）会让时间变长。那些事情，虽然你可以说出来，但旁人并不能完全理解，不能像和你旅行的同伴那样有如此深刻的理解。

“他会怎么样？”我问。

“穆罕默德？”祖母说，“他当然会被驱逐出境。”

“驱逐出境？”

“是的。”

“去哪里？”

“去他来的地方，梅丽。”

“不，不行，不能这样，他孤苦伶仃，还是个孩子！”

“他依然有自己出生的国家。”

“不，他没有了。也许他有出生的国家，但是他没有家人了，没有人会陪他回去！”

“他是这么说的吗？”祖母问。

“不是，不过他家里的人都死了。他认识的人都死了。我知道。”

“你不可能知道，梅丽。不管怎么说，现在这件事情和你无关。你还是想想自己吧，也想想彼得。”她沉默了一会儿又说：“你可以走了，梅丽，我不想看见你。”

87 又一次谈话

我还站在厨房里的时候，外面传来了一阵敲门声。

彼得来了。

“没事吧？”他问。他的脸色依然阴沉，却是另外一种阴沉。他进了门，加入我们的谈话，就像他听见了这边提高的嗓门，像他觉得自己也和祖母一样有权利知道整件事情。也可能他只是不喜欢祖母一言不发地就带走我。

“有事，”祖母说，“什么事情都不好。显然你还没回家，也没收到这份文件。看吧。”她指了指电脑。

彼得看文件的时候，祖母对我说：“我让你走，梅丽。”我没动。她又说：“彼得在此事中也是被告，明天你们两个都要被植入泰瑟枪[①]追踪芯片。在听证会之前，你们都不能交谈。最好现在就别交谈。我说了，走！”

① 一种电休克手枪，让被攻击目标因“电休克”而使神经系统暂时受损并失去作战能力。

我走了，倒不是因为泰瑟枪追踪芯片的事情——我也不知道是什么意思，而是因为我承受不起彼得看了电脑之后的表情。尽管我的卧室就在厨房正上方，彼得惊叫的时候我一定会听到。

我上了楼，什么都没听见。所以我躺在房间的地板上，透过地板缝隙偷听。

下面还是一阵沉默，然后有人重重地坐到椅子上。我想象彼得坐在桌边，双手抓着那头稻草色的头发。

“我一开始就说了，彼得，”这是祖母的声音，“我会当你的担保人，不过不是以高级议员的身份。在这种情况下，我不能做陪审员，因为主要被告是我的亲孙女。但是我知道议会的规则，只有五个人的时候，主席不必在场，按照少数服从多数投票即可。”

“投票？”这是彼得的声音，听起来死一般地平静，“为什么事情投票？”

“判决。”

椅子咯吱响了一声，可能是彼得不自觉地动了一下，也可能是祖母在他旁边坐下了。

“不会去血石，彼得。那个男孩明显还小，梅丽也未成年，差一点。所以会折算寿命。”

彼得说：“我不是未成年人，我十八岁。”

我真希望能看到他的脸，因为这次他的声音不再是死一般地平静，就只是平静而已，宽厚的、古铜色的平静。

“没错，”祖母说，“我会据理力争的——其他人当然也会争，我会说你是从犯，不是教唆者，你遵守了《贩卖法案》。最近形势有所缓和，你会被授予一些寿命，法庭会把从梅丽那里扣除的年份给你。”

“扣除梅丽的年份，授予我？”

“对。”祖母说。

“不行。”彼得说。

“事情就是这样的，彼得。这不是你的错。”

“是我的错，”彼得说，“我是说，是我做的。我听信了梅丽的话，带那男孩上岛，根本没看他的文件。我本来应该看看他的文件才对！为什么没看呢！”

因为我旅行了很长时间，彼得，而你哪儿也没去过。我比你机灵。我很擅长操纵别人，你却不懂，彼得。

“我也可以打个电话找您确认，”彼得说，“为什么我没那么做呢，艾琳？我该事先确认才对啊！”

因为你像爸爸，彼得。你信任别人。你相信人性善良，也能找到别人的优点。

“她能像骗过我一样骗过你。事实上，她确实骗了你，所以她才会被扣年份。”

“要扣多少年，艾琳？”

祖母想了想。“理论上来说是五十年，不过可以减刑，大概是三十年。”

“三十年？”彼得说。他停了一下，大概是在计算。他很快就想明白了，我到四十四岁就要接受注射，现在只剩三十年可活了。“不能这样，”彼得说，“我不会让这种事情发生。”

我觉得他是这么说的。

我不会让这种事情发生。

彼得是这么说的吗？彼得说的是躺在楼上地板上那个他多年未见、刚刚和他重逢的女孩吗？是那个他一靠近就尖叫不已的女孩吗？

时间。

时间和彼得。

彼得从未远行过，彼得的意思是岩石，彼得知道关于时间的秘密吗?

“我们控制不了。”祖母说。

“那穆罕默德呢？”彼得问道。

“他会被驱逐出境。”

“不行，”彼得又说，“不行，梅丽会受不了的。”

88 泰瑟枪追踪芯片

第二天早上，法庭官员埃丝特带着一个穿白色外套的男人过来了。

“很抱歉，高级议员。”她说。

“没关系。”祖母说。

“这位是康奈尔医生。”埃丝特说。那个人个子矮小，皮肤黝黑，手却大得离谱，手指细长。他手上拿着一个闪亮的金属盒，他打开盒子，里面装着棉签、注射器针头和很多大小不一的追踪芯片。

“不疼，”他说，“但你要脱掉上衣。”

我看了看祖母。

祖母说：“听他的。”

于是我照办。我脱下衬衣，半裸着站在那个人面前。

他拿出一张纸，读了上面的话。那是某种法律声明，授予他给我在皮下植入电子追踪器的权利。我同时想到两件事：他可以在我穿着衣服的时候读这段话；在从前，我们只会这样对待狗。

他把干净的针头接到注射器上。

“转身。”他说。我想知道他是不是还经营着生命终结诊所。他会不会像现在这样给那些七十四岁的人扎针？那些要死的人。那些要被他杀死的人。像我这样的人，还有三十年寿命的人。

时间。

“只是被挠了一下的感觉，”他说，“局部麻醉。现在别动。”

我一动不动，因为他在瞄准我的脊柱顶端。我看不见他，更看不见他在做什么。这正是关键所在，祖母昨天晚上和我说过。他们要把一个追踪芯片放入我的肩胛骨之间，在我摸不到的位置，想要移除的话必须有人帮忙。这个芯片可以二十四小时显示你的位置和行动。祖母说，帮别人移除合法植入的追踪芯片是一项重罪。

针推了进来，我感觉麻醉药被注射到我的血液中。我不禁想，生命终结诊所的注射器里灌的是什么呢？那种时候用的针头比这种粗多少呢？那种毒药是有颜色的还是没颜色的呢？都是一些很傻的想法。他用棉签擦了擦我的后背。

“你还能感觉到吗？”他问。

“能。”真奇怪，居然能感觉到。我一向很迟钝，现在居然能感觉到湿棉签在轻轻地擦着我的后背。

“现在呢？”他又问。

“感觉不到了。”

“好，我准备植入芯片了。”

他从一个透明的包装袋里拿出工具。我以为是手术刀，但看起来更像是小铲子，刀片很薄，呈倒V字形。他并不打算遮遮掩掩，不管怎样，我肯定能看见。我想知道那个刀片是否锋利。祖母说，他们必须使用刀片，因为给我植入的这种芯片不光是用来定位和标记身份，那种只需要注射就可以了。而我这种是大一些的芯片，可以对人进行电击警告。每当我离彼得太近的时候，电击程序就会启动。这个系统的精妙之处在于，彼得也会受到电击，即使是我单方面地靠近他。我们距离彼此越近，电击强度就越高。

康奈尔医生植入了芯片。不疼，至少没有身体上的疼痛，但是医生把它推到我皮肤下面时，我感觉到了它的推动。我很高兴自己能感觉到。我觉得这是我的身体在抗拒它，以行动表明我的立场。

“好，完成了，”医生说着往伤口处粘了些东西，“很干净，会很快愈合。但愈合之前不要洗澡，至少这几天别洗，好吗？”这番话不是对我说的，而是对祖母说的，可能因为我还背对着他。他这话说得就像洗不洗澡才是头等大事一样，比背上安装一个电子芯片还要重要。祖母说，我这辈子要一直带着它。

“穿上衣服。”祖母说。

埃丝特把衣服递给我。“距离设定为二十米，”她说，“如果是我的话，我会走一走，步测一下。你要习惯你们之间的这个距离，并随时保持。我知道彼得是你的邻居，你肯定不想犯错误。犯了一次错误的人通常不会再犯第二次，”她又强调了一下，“如果你明白我的意思。”

我明白她的意思。如果我离彼得太近，就会疼。

埃丝特又说：“当然了，植入芯片能阻止你们进行任何形式的谈话，所以使用任何通信设备都会触发电击程序。我不建议你们尝试。除此之外，你可以去岛上的任何地方，不过开庭那天你必须到拉姆拉什。你有什么想问的吗？”

不，我没有。

“很好，”埃丝特说，“接下来就是彼得了。”

彼得那美丽的古铜色后背要被刀割开了。

每次有人靠近我就是这个下场。他们会很惨，得不到一点好处。

89 地球仪

祖母有个地球仪，是锡质的，祖母说这是她祖母的东西。地球仪很旧，南极和北极的冰都用白色表示。真的太旧了，地球仪上甚至没标出赤道中心，更没有标出北赤道。我不知道祖母为什么还留着这个地球仪，也许是因为爸爸小时候玩过。我想象着爸爸转动这个美丽的小世界。

埃丝特和医生离开之后，祖母把地球仪拿出来给男孩看。这个地球仪的高度只及男孩的三分之一，它一直转着。

“穆罕默德，”她说，“你能不能把你生活的地方指给我看？”

她这么问是因为当局没查到任何资料，他们没有搜索到任何有关男孩的线索，仿佛他不存在一样。他被生命之网漏掉了。准确地说，他是被各种人造规则之网漏掉了。

他是魔法师，斯佩里小姐是女巫。他们都是置身事外的那种人。

祖母用指尖转着地球仪，转到旧联合王国那个粉色三角形的位置，指着苏格兰说："这是我们现在所在的地方。"地球仪上只标注了三个城市：爱丁堡、格拉斯哥和威克。没有阿伦岛。地球仪不够大，不能把所有的粉色小圆点都标注出来。因此在这个地图上，阿伦岛并不存在。但祖母用她粉色的手指指着那里说："我们在这里。"

我们。

然后她往东南方向移动，指着苏丹说："梅丽从这里出发——喀土穆，"喀土穆被标记出来了，那里还有颗小星星，我觉得是表示首都，"你是从哪里出发的，穆罕默德？"

她的手指在非洲那一片移动，把每个国家都念了出来："乍得？尼日尔？马里？摩洛哥？阿尔及利亚？利比亚？埃及？你能指给我看吗？"祖母观察着他的反应，想要看清他的秘密。

男孩盯着前方。他的眼睛好像杯子。

祖母又问："穆罕默德，你的亲人在哪里？"

我看到男孩脖子上有什么东西动了一下，只是很轻微的颤动，不过我看到了。他在紧张。他的血脉在跳动。

"可能在任何地方，"我说，"任何地方都有可能。"我把手放在地球仪顶端开始转动，那里曾经是北极地区。我的手指像个大蜘蛛一样抓着世界顶端，不停地转着地球仪。

"停下。"祖母说。

我没听她的。我继续转，转啊转啊转啊，免得男孩回答那个问题，免得他被逼问。

"我说停下，梅丽！"

是男孩停下了地球仪。他突然伸出小手，用力抓住地球仪。我本以为由于惯性，地球仪还会继续转，但是它没有。它突然停了下来。

男孩的手指着海洋。

我们都看着那片蓝色，然后男孩握起拳头，伸出一根手指指着大海。

祖母说：“没人住在海里，穆罕默德。”

“但有人死在海里，是吗？”我说。

男孩沉默了一会儿，伸出舌头舔了舔他那颗断牙。他点了点头。

“你看吧？”我对祖母说。

但这可不是胜利。

那天晚上，男孩又睡到我房间的地板上了。

90 距离

我步测了一下那段距离，差不多就是祖母的花园那么长。走两个二十米就能来到港口中间，那是彼得的船所在的位置。这就是说我不能坐在系船柱上看彼得干活，我甚至不能走到花园尽头去看他干活。但是我想看他干活，于是我来到自己的房间，打开了窗户。

这样我就可以看到他了。

不过我看不到他背上的肌肤，因为今天阴天，他穿着一件薄毛衣。我看不到他赤裸的胳膊，看不到他的后背，也看不到他肩胛骨之间的那个地方。如果他是天使的话，翅膀就会从那个地方长出来。是植入芯片的那个地方。爸爸说："很少有人相信天使，但是我信。"魔法师、女巫、天使，这些东西爸爸都信。

我看着港口的那个天使，他像往常一样认真仔细地干着活。我的感觉有些奇怪。不是心动，而是想去触碰他。我想去港口，涉水到船上去，脱下彼得的毛衣，还有背心，如果他穿了的话。我想看他的后背，想伸手触碰他背上的伤口，感受它的存在，慢慢地抚摸它。我想摸摸他的胳膊和脸颊。我想和他一起躺在船里，天空罩在我们头顶。我想拥有他的腿挨着我的腿的感觉。

肌肤相亲。

我甚至想摸摸他的嘴唇，也许还想把我的嘴唇贴在他的嘴唇上。我想要他美丽的嘴唇靠近我，近到我能闻到、尝到他的气味，感觉到他的呼吸。

得不到的时候反而会越发渴望，太奇怪了。

91 行动自由

男孩没有被植入芯片，我不知道为什么，也许因为他还没到十岁，也许因为他是个哑巴（也就不会妨碍司法公正），也许只是因为要是他逃跑的话，阿伦岛政府也就省事了。可是他没逃跑。我待在房间里时，他也待在房间里。

他把沙滩也搬进来了。

花盆里全都装满了被海浪冲刷过的石头，我在哪里他就把花盆搬到哪里。他坐在地板上堆石头，我也坐在地板上，帮他一起堆金字塔。

有时候他按照大小把石头堆起来，大的放在最底层。有时候他按照颜色分类：一堆灰色页岩，一堆棕红色的科里砂岩。有时候他把这些石头交错着堆起来，先放一层扁平的石头，再把圆石头稳稳地放在上面。我辨认着这些图案，照着他堆，予以敬意。

祖母说堆石头没有任何意义。祖母说做任何没有目的的事情都是浪费时间。

这是因为祖母不懂时间。

她也不懂控制。

当你的生活完全被自己以外的力量所控制的时候，你就只能管自己力所能及的事情，不管这事情多么琐碎。

至少我是这样认为的。

92 比我们自身更重要的东西

“睡觉时间到了，”晚饭过后，祖母对男孩说，“你去睡吧。”

我们刚到阿伦岛的时候，她会亲自带男孩去卧室，有时候还给他念爸爸的旧故事书。我之所以知道是因为我就坐在楼梯上听着。现在她让男孩自己去睡觉，不再读故事。不可能快乐地生活在一起了。

我为什么要在意这件事?

这和我们在棚屋里的时候差不多，我给他讲故事，他砸坏石头。

他离开的时候，祖母又提醒道：“去你自己的卧室，不要又睡到梅丽房间的地板上，明白吗?”

男孩没回头，不过他停了一下，这个动作让我断定他今晚不会睡在自己床上。

他走之后，我问：“他要被驱逐出境您都不在乎，干吗要在乎他是不是睡在我房间的地板上呢?”

“别傻了。”祖母说着，起身去收拾碗盘。

我就这样被扔在一边，只能说：“他们不可能把他送走，谁也不知道他是从哪里来的。”

祖母说：“这个嘛，只能说明他会被拘留得久一些。”

我有些惊讶。“拘留？他为什么会被拘留？为什么不能留在这里？”

“因为他就是不能留下，”祖母回答，“法庭审判后就不能留在这里了。”

“为什么？”

“因为规定就是规定，梅丽，因为这就是本国的法律，苏格兰大陆的法律也是这么规定的。《贩卖法案》也必须遵守《联邦法律》。他会被送去首次以非法移民身份被拘留的斯基特比。这是个好消息。如果他年龄再大点，是成年人的话，就会被送去驱逐中心了。”

我也站起来收拾碗盘。这不过是为了有事可做而已，免得我的手抽搐。

“上次被拘留的时候，他绝食抗议来着，”我说，“他还会绝食的。我知道他会的。他不会一直待在拘留中心，他会死的。”

“别虚张声势了，梅丽，”她递给我一块洗碗布，“不管怎样，有必要的话，他们会强制他进食的。”

强制进食。

我擦干一把叉子，又擦干一把刀。

“他还会接受恰当的心理治疗，”祖母又说，“心理治疗能帮他再次开口说话。”

“上次就没有效果。”我说。

“也许在他开口说话之前，你就把他带走了。”祖母说。

我可以从洗碗布下面感觉到刀刃，刀是锯齿状的。“您以为他是您孙子的时候，您给他买甜食，给他买衣服，教给他很多东西。还考虑让他去上学，甚至……”我停了一下，不由自主地喊了起来，“甚至让他需要您，愿意和您在一起，让他喜欢您！可您现在却连带他去卧室都不愿意！”

祖母擦了擦手。“你为什么这么想，梅丽？”

我也不知道，于是没说话。

“这是为了帮他顺利离开，”祖母继续说，“帮他离开我，也帮我离开他，对我们两个都好。如果他们要送他走，我不想事情变得更麻烦。”

“送他走？”我喊道，我真的是在喊，“您为什么不反抗！爸爸一直在反抗。爸爸为自己相信的东西而战。他绝不会让这种事情发生，绝不会眼睁睁地看着一个小孩——任何一个小孩——被人送走，送去不知道是哪里的地方不管不顾，像个垃圾一样被人扔进拘留中心，某种意义上的监狱。那种地方就是监狱。我知道，因为我在那里住过。那里就是监狱！”

“你竟敢提你爸爸？”祖母说，“你什么都不懂，梅丽。什么都不懂！”

我扔下洗碗布，刀也扔掉了。我必须扔掉刀子，因为我不相信自己，即使她是我的祖母。我只是不相信自己。

祖母说：“坐下，梅丽。”我没坐，她把我推进椅子里。“坐下听我说。”

祖母没坐，她站在我面前，双臂抱在胸前，双眸中燃烧着熊熊火焰。

“梅丽，我六十九岁了，”她说，“还剩不到五年我就要接受注射。我很健康，也有很多活下去的理由，所以如果是自愿接受注射，就必须有特别的理由让我去相信它，而我确实相信这个理由，因为这是为了大多数人的利益。这就是阿伦岛所有人都接受注射的原因，是我们做出承诺的原因。在北赤道国家，每一个签署《寿命宪章》的人都是这么想的。大家说，这个岛只能养活这么多人。因此我们决定让岛上的人有充足的食物，过上健康快乐的生活，哪怕这种生活比我们想象的还要短暂也无所谓。梅丽，你要知道，这不只关系到我，还关系到我们所有人，关系到整个岛。关系到如果我们都去开垦土地，努力耕种，岛上能种多少蔬菜，与此同时，还要让土地保持肥沃。也关系到我们可以从海里捕多少鱼，同时还要让子孙后代有鱼吃。这种生活是有代价的。阿伦岛的终止年龄是七十四岁，我们，阿伦岛上的所有人都相信着比我们自身更重要的东西。那是比我们个人的生命，比我们自己的孩子，甚至我们的孙辈更重要的东西。这种平衡很脆弱，我们必须守护这一平衡，我们必须防止各种破坏系统平衡性的事情发生——不管是天灾还是人祸。

“所以，对于穆罕默德，我很抱歉。对于难民营的人，我也很抱歉。甚至对于赤道中心地区那些不得不迁移的人，我也非常抱歉。他们没有错，这点我懂，但是我们也没有错。我们只是在尽自己所能，在这片土地可容纳的范围内保护尽可能多的人。只不过没有例外。穆罕默德不能例外，梅丽，你也不能例外。因为法律规定不是你想怎么样就能怎么样的，它们是维系这一地区的基石。有了这些规定，生活才有可能实现——我们选择并为之牺牲的生活才有可能实现。

“你明白了吗？”

我大概明白了，至少上楼的时候我明白了。

93 承诺

男孩躺在我卧室的地板上，看起来并不舒服。他没有枕着枕头蜷在毯子里，而是四肢展开，头偏在一边，左耳紧贴地板上的缝隙。他在哭，不过没有声音，好像抬不起头来一样。他从厨房偷听到的消息仿佛把他压扁了。

驱逐出境。被带走，被扔掉。像个垃圾一样。

垃圾。

在这个国家，那就是我们扔垃圾的地方。

“对不起，”我说，“真的对不起。”

但是道歉没用，一点用都没有。我也知道没用。对不起——对不起有什么用？

“看着我。”

他没看我，就只是躺在他那被压扁的悲伤中。

“听我说，认真听我说。驱逐出境，这绝对不会发生，我不会让这种事情发生。”

我不会让这种事情发生。

好像我现在是彼得，好像我有某种控制权，好像我相信事情会有所不同。

男孩还在哭，不过他确实转了一下身子，背对着我，用拳头揉着眼睛，擦掉眼泪，茫然地看着天花板。

“莫？”

我也不知道自己为什么要叫他莫，莫不是他的名字。

“莫？”

他用舌尖舔了舔自己残缺的牙齿，咬了一下，可还是没看我。

“你会留下的，留在这里。这里，阿伦岛。没有人会送你走。”当然，我是这样希望的。我希望我的莱夫查姆溪也会成为他的莱夫查姆溪。

但它不会。

“你想留下就留下，”我顿了一下，“你想留下吗？”我想到他金色的故乡，他的家人，他的过去。所有的这些都积聚在他小小的身体里，这些东西也许会把他拉向另一条路。

“我是说，我知道这里不是你家，永远都不是你家。我知道……”

我知道什么？

过了这么长时间，我知道什么！

我连他的名字都不知道。

“不过如果你想留下——说一声就行了。”

说得好像很简单一样，说得好像世界很美一样，爸爸。

但是世界确实很美。

必须很美。如果不美的话，我们也一定会把它变美。对不对，爸爸?

所以我坐着，等着。

等着。

这算是哪种时间?

最终，过了很久，久到无论哪种时间都已经过去了，男孩坐了起来，看着我。

他点了点头。

“好，很好！”我说得仿佛自己赢了一场战斗一样，仿佛我就该高兴一样，“想送你走的人必须先过我这一关！”我笑着摸了摸自己那颗残缺的牙齿，“我们两个肯定在一起。我保证。”

他也慢慢地抬起手，摸了摸自己残缺的牙齿，不过没有笑。

也许他不相信我的承诺，也许他觉得我在撒谎，在编故事，就像祖母说的那样。

只是从前的故事书里随便哪个皇后信口说出的承诺而已。

94 第九页

斯基特比拘留中心把我的环球护照送来了。祖母在拉姆拉什法庭拿到这个护照后，把它带回家，翻到第九页。

“你得填写这一页。”她说。

显然，法律允许十四岁的被告人填写临时信用页。祖母说，临时信用页可用于量刑，决定我的最终寿命。祖母还说，我写在这一页的内容可以减刑。另外，由于我还是未成年人，法律规定可以减掉七年刑罚。

我坐在自己的房间里，看着那张空白页。我看了很久，久到彼得都驾船出海，外出办事之后又驾船归来了。我看着他停好船，涉水走上岸。我在想他环球护照的信用页上会写什么，我觉得是这样的：

——彼得会驾船；

——彼得会修发动机；

——彼得会捕鱼；

——彼得负责岛上的运输事宜。

这些都是可以确认的事情，是对祖母的阿伦岛有用的事情。我觉得那页纸上不会说：

——彼得有结实的古铜色肩膀；

——彼得有神采奕奕的灰色眼睛，眼珠周围有一圈黄色；

——彼得看红色和金色交织的日落；

——彼得知道时间的秘密；

——彼得有点像爸爸，善良、容易相信别人。

我不是移民局的人，也不是拉姆拉什法庭的法官，我永远不会成为官员。但如果我是的话，我做事的方法会不一样。我会给人石头，问他们能不能用一块木炭解释自己的事。我会把他们置于同一把星星伞之下，问他们对事情的看法是否有所改变。最后做出判决的时候，我会让他们走上一千公里，以此确定他们不需要改变审判结果。我会认真考虑那些不能被盖章认证的东西。事实上，我会取缔任何可以被盖章认证的东西，一切可以被简单评分和分级的东西都要禁止。我要把墨水、印章和规章制度都扔掉，然后我就剩下希望——对，我会剩下希望，这个星球上会有更多像爸爸、彼得、男孩这样的人，更少像我这样的人。

是的，这就是问题所在。我明白。

“写得怎么样了？”祖母来到我的房间问道。

“我在想。”我说。

她离开的时候，我在想男孩的事情。我在想怎么写他的信用页。我可以把自己和男孩的信用页都写好，不是根据规章制度来写，而是写真正的事情。我可以写：

——他很聪明，有决心。我想扔下他不管的时候，他一直跟着我；

——他懂原谅，会遗忘，从不怪我。我扔下他不管、打他、骂他，他都不怪我。我还打过他的头；

——他很有韧性，从不放弃。不管距离有多远，还是脚上直流血，他都不放弃；

——他总是期待未来，怀抱梦想，他在棚屋里送给我的那块石头上画着星星和花朵；

——他足智多谋，非常勇敢。他在拘留中心绝食，画那幅牙齿残缺的画，成功让我们两个见面；

——他考虑周全，心地善良。他把毯子还给斯佩里小姐，让她给更有需要的人；

——他积极乐观，过河的时候会笑，和祖母在一起的时候也会笑。他笑得很美，缺了一块牙的笑脸很美。

这是我会写在男孩环球护照上的内容。我可能会写满所有的页数，还会添一些附加页。我会在最后留出一块地方写上：“我认为这些是我们国家的公民所需要的品质，你们不这么认为吗？”

傍晚时分，祖母问道：“还没写完？”

还没写完。

95 燃烧

那天晚上我梦见了彼得。

我梦见自己特别想见他，甚至都不在乎那个电击芯片。事实上，想到靠近彼得就能触发电击居然让我觉得很兴奋。他受到电击，我也受到电击。我们都会感觉到的，不是吗？火花四射，发出滋滋的声音。这东西还能让我们发现迄今为止都没感觉到的东西吗？

我走到屋外。在我的梦里，现在还不是晚上，而是中午。彼得在船上，他很忙，一开始没看见我。我对此很高兴，想知道在触发芯片之前，在我们的血液沸腾起来之前，我能离他多近。

我打开祖母花园的大门，穿过通往港口的道路。我觉得自己越发兴奋，但兴奋的是我，不是那个电击芯片。难道是我算错了距离？会不会是船停得比平时远一点？

三十米。

二十米。

我一直走着。现在肯定比二十米近了，但是我什么也没感觉到。显然，他也什么都没感觉到，因为他继续在驾驶室里埋头工作。我走过了羊形系船柱。

十五米。

更近了。

船就在港口中间，不过它系在那个羊形系船柱上，所以我可以拉动绳子，让船和彼得靠近我。我这么做了。

随着船的晃动，彼得看见我了。他转过身子，露出笑容。

美丽的嘴巴笑了起来。

我把他拉过来，等待着沸腾的感觉和滋滋的声音。难道是芯片设置错误？设定的是两米，而不是二十米？彼得还在微笑，他站在船上，缓缓地靠近我，微笑着，微笑着，微笑着。

等距离近到我可以摸到他的时候，我伸出手，想要碰碰他，结果——

砰！

彼得爆炸了。彼得变成了一团火球。彼得燃烧起来，慢慢熔化着。他脸部的皮肉滑落，露出骨头。

而我却没事，安然无恙。

我站在那里，如同羊形系船柱一样稳当，手里握着磨损的绳子看着他。

他在燃烧。

96 斧头

醒了之后我就睡不着了。

我知道，彼得在梦里燃烧起来，就跟梦里那些编织自己如硬糖般明亮腹部的蜜蜂一样，可能都没有什么意义。但是感觉却很奇怪，仿佛它确实包含了什么意义似的，只是我不喜欢那种意义。

我试着集中精神，让自己不去想这件事。

我努力去听男孩睡在地板上轻轻咂嘴的声音，但是这又让我想起其他我不愿去想的事情。

那个承诺。

爸爸常说："梅丽，你不能做出你兑现不了的承诺。"

是啊，爸爸。

妈妈常说："我们家的人从不半途而废，梅丽。如果你一开始想不到解决的办法，那就努力去思考。"

是啊，妈妈。道理我懂，但我还是做不到，我想了很久很久，却依然没有头绪。

我一直醒着，清晨的第一缕阳光透过窗帘照进卧室时，我决定起床。我安静地穿好衣服，免得吵醒祖母，然后我下了楼，打开通往山地的后门，那是莱夫查姆溪所在的方向。在后门旁边，祖母有间小柴房，用来放木柴。

还有把斧头。

我拿起斧头。它很重，但不怎么锋利。我用手指摸着斧刃试过，所以清楚这一点。斧头一直放在外面，刃口很钝，还有点生锈。但这是一把适合劈柴的斧头，我决定劈柴。

爸爸常说："如果你要思考，就做些体力劳动。如果你的表层意识专注于一项任务，你的潜意识就会更自由些。"爸爸还说："遇到难题、一时又无法解决的时候我就这么做。"

我把祖母的劈柴木墩从柴房里滚出来，在一块平地上放好，就在她平时摆放的位置。我知道这个位置，因为这一块土地上到处都是碎木片。祖母把木头放在防水布下面，免得它们受潮，我拿了一块出来。劈柴是祖母不让我做的家务之一，也许她觉得我用斧头会很危险吧。我把木头放在木墩中间，然后举起斧头。

斧头很重，我感觉到自己右上臂的肌肉绷紧了，努力让右手保持稳定（右手离斧头更近），准备挥动斧头，然后将斧头高举到身后，这样才能又好又快地劈下去。斧头向前越过我的头顶时，我感受到了它的重力，斧头像石头一样落下，砸进木头里。但是这一下劈得不太准，斧刃卡在了木头里，我只好把它拔出来，重新再劈。

于是我再次劈下去。

我一次又一次地举起斧头，又让它落下。我努力完善自己的技术，寻找木头的纹理，利用一切已有的裂缝，仔细观察，高举斧头，双手灵活地握住斧柄，随着重力上下滑动。最终，我劈中了。

木头裂开了。

我们家的人从不半途而废，梅丽。

木头裂成两半。

思考！

我把那两块木头拿走，然后继续劈柴。

梅丽，你不能做出你兑现不了的承诺。

再劈。

思考！

再劈！

我找到了节奏，形成了生产线。我是一台机器。

思考。思考。思考！

我感觉到汗水从我脸上流了下来，但我没有去管它。

努力。努力去思考！

我保持节奏，把木块一一砍开，劈碎。我干得太专注，都没听见祖母出来，直到她站到我面前。祖母不是那种会被一点点木柴阻挡的人，如果她想说什么，就会直说。

“他们决定开庭日期了，”祖母说，“三个星期后的那个星期四。”

斧头继续举起，什么都不能阻止它落下。

于是它落了下去。

咔嚓！

“你十五岁生日之后两天，”祖母看着木头干净利落地裂成两半，“别担心，我说了，法不溯及既往，什么也改变不了。”

错。就像很多其他事情一样，关于审判，她也说错了。

十五岁。

这个十五岁生日会改变一切。

我放下斧头，擦了擦额头。我想明白了。

我终于知道自己该做什么了。

97 我的生日

在这个改变一切的生日上，祖母烤了个蛋糕。祖母其实并不怎么喜欢蛋糕，因此我就当她是在示好。过去几个星期里，我拒绝填写环球护照上的空白页一事惹得祖母很不高兴。

祖母说："你什么都不写反而会加重罪行。"

但我的决定意味着我没有必要填写护照。再说了，我看那些空白页的时候并不觉得它们是空白的。我终于明白自己知道什么了。我知道自己永远也填写不了那些空白页，因为在我的脑海中，那里并没有空位。每一页都满满当当，上面爬满了恙螨，浸透了脓液。

祖母说："如果你不主动争取，其他人怎么帮得了你？"

她确实想帮我。她在自己的电脑上写了一份文件，写了又改。她写的是我离开苏丹之后的经历——至少是她知道的那部分，包括我的年龄、我如何失去双亲，以及我如何走过那么长的距离。文件里还解释了我为什么会做那么多不符合自己性格的事情，甚至携带非法移民入境。祖母还写了关于彼得的事情。我必须感谢她做的这些，就像我心存感激地接过她的蛋糕一样。

蛋糕是香草味的，抹了一层奶油，还涂了她用去年花园里种出的草莓制成的果酱。她把蛋糕放在木质托盘里，然后在厨房的碗柜里找蜡烛。

最终她找出一个塑料盒子。“就觉得在这里。”

盒子里的蜡烛全是蓝色的，各种深浅不一的蓝色，几乎每一根都至少用过一回。也许这些蜡烛是祖母从前用过的，在爸爸还小的时候。祖母很会保存东西。

祖母在蛋糕上插上一圈蜡烛之后说：“你等会儿可以帮她一起吹蜡烛，穆罕默德，在我们唱完生日歌之后，”她点燃了这些长短不一的蜡烛，“你会唱《祝你生日快乐》吗，穆罕默德？”

男孩没听祖母说话，他只是看着蜡烛那小小的火焰，仿佛那是他有生以来见过的最吸引人的东西。

祖母清了清嗓子，开始唱道：“祝你——”

“等一下，等一下，”我说着跪了下来，视线和男孩在同一高度，也和烛光在同一高度，“你呢？你的生日是哪天？”

他当然没回答，因为他痴迷地看着烛光。我不知道他在家乡的时候是否也要点生日蜡烛，如果要的话，他是在想那个围着橙色围巾、面带微笑、手里还拿着火柴的女人吗？

“你肯定有生日，”我说，“毕竟你都在世上远行这么久了，对吧？有生日，却一直没能庆祝，是吗？”

他依然没说话，没有任何回应，所以我一口气吹灭了所有的蜡烛以引起他的注意。

“喂！”祖母说。

这下有效果了，男孩看着我。

“你多大了？五岁？六岁？七岁？”

他慢慢抬起左手，伸开五根手指。

“那就是五岁。”祖母说。

不过他还没停下来，他又加上右手的拇指。

“六，”我说，“六岁？”

他点了点头，也可能是耸了耸肩。我把蛋糕上的十五根蜡烛拔了出来，摆成“6”的形状。

“好了，这是我们的蛋糕。是你的，也是我的。你想自己点蜡烛吗？你已经长大了。”

他想点蜡烛。祖母没有阻止，没有帮他，也没有指导他，只是让他自己动手。

接着，祖母以悦耳有力的声音唱起歌来，我和男孩（同时）吹灭蜡烛。如果你恰好在那一刻拍下照片，你会以为我们是幸福的一家人。

98 拉姆拉什之行

开庭那天早上，天空很蓝。我以为自己会害怕，但其实我并不怕。我坐在车子后排，男孩跟我坐在一起，祖母一个人在前头开车，旁边放着男孩的行李箱。

到拉姆拉什需要十九分钟，我们一路上基本都沿着海岸走。我透过车窗看到阳光照在海面上，清风吹过，水面泛起无数金色波纹。我想象着海洋环绕岛屿的样子，将分散的地方连接起来。这一大片一望无际、波光粼粼的蓝色大海。哦，爸爸，今天早晨的世界多美啊！

男孩没有看窗外。他把手放在膝盖上，眼睛看着手。当然，我还没告诉他我打算做什么。因此他可能很紧张。事实上，我知道他确实很紧张，因为祖母昨晚给他收拾行李箱、整理换洗衣物的时候，他往箱子里放了些石头。不是他含在嘴里的石头（那块石头他总装在衣兜里），而是灰色页岩和棕红色的科里砂岩。他似乎认为自己今晚回不来了。不会回到科里，不会回到这个港口，不会回到祖母身边。他似乎认为自己会带着这个行李箱直接从法庭去斯基特比学校的拘留中心。祖母就是这么对他说的。

过了布罗迪克之后，有几公里转为了内陆，在拐过最后一个弯看到拉姆拉什海湾的时候，那场景显得格外壮观。海湾仿佛一座巨大的蓝色潟湖，在你眼前铺展开来，圣岛上低矮的山丘在海湾对岸若隐若现。圣岛让我想起了彼得，那天我们差一点就接吻了，但还是没有。最终我被盖上了一块防水布。

祖母在海湾北端向左拐了个急弯，离开了公路，沿着海岸往东行驶了几分钟，最终到达法庭。这座建筑物上没有任何标记可以表明它是个法院。如果你不知道的话，会以为这只是座大一些的平房，很矮，灰突突的，毫不起眼，不是那种会出现暴力行为的地方。祖母停下车。

我们走进房子。我突然很想拉住男孩的手，但我没有那样做。法庭官员埃丝特正在楼梯口处等着我们。显然，彼得已经到了。

埃丝特说："事先声明，电击芯片已经进入休眠模式。当然了，为了防止逃跑——"

"别担心，"祖母打断了她，"不会逃跑的。"

今天，她说的是对的。我不会逃走，不会从这座房子里逃走，也不会从过去逃走。我已经决定了。

因此我今天什么都没带，只带了城堡的最后一把钥匙。

99 彼得、血石和枪

那间法庭本身也很不起眼，就是一个方形的会议室，房间一头的台子上摆了一张光滑的椭圆形桌子，另一头摆着五十把椅子。这个房间在被用作法庭之前，显然是个结婚礼堂，现在这里看起来依然像个结婚礼堂。那些椅子被刷成金色，上面附有红色绒毛坐垫。

大概有十个人坐在那边，他们盯着我们走进去。可能是些官员、记者、公众代表，我不太清楚，也不在乎。我的眼里只有彼得、血石和枪。

血石在椭圆形桌子和公共座位之间。它和我梦里的血石截然不同，不是个凹陷下去、只容一人站立的小石头。完全不是。它很大、很平坦，是一块沉重粗糙的灰色石灰岩，约十厘米高，至少两米宽。血石正后方放了三把椅子，彼得坐在其中一把椅子上。

彼得看着前方——越过血石，看着台子上的椭圆形桌子。我猜议员们都会坐在那边。埃丝特带我们从侧门进入，因此我先从侧面看到了彼得。他侧面的剪影看起来和我平时认识的彼得不同，这可能是因为他今天穿着一件偏小的西装，头发也梳过，笔直地垂在脸侧，看起来很不自然。而且我习惯了看他干活时的样子，现在他如此安静也有些奇怪。他不再是结实、敏捷的样子，肤色也不再是古铜色，他看起来拘谨又苍白。和房间里的其他人不同，我们进去的时候他没有看向我们。

他身后那人却扭头看了我们。那是彼得的爸爸——至少他看起来和我印象中彼得的爸爸一样，只不过更老、更忧郁。我记得他是个和蔼的人，会拉小提琴，总是面带微笑，但此时他的眼神并不和蔼。他迅速地看了我一眼，然后转过头去，就像百叶窗突然落下一样。也许正是因为爸爸的目光灼烧着他的后背，彼得才一直看着前方。我不知道彼得的妈妈在哪里，他爸爸旁边的椅子是空着的。我想起自己从未问过他在我离开苏格兰后过着怎样的生活。普通人，不那么以自我为中心的人，是会问这些事情的。

埃丝特示意我和男孩坐到血石后面的另外两把椅子上——男孩坐中间。也就是说，我不能触碰彼得，彼得也不能触碰我。这也意味着如果我看他，或者他看我，法庭里的所有人都会看见。出于某种原因，我不愿意让他们看这种笑话，所以我盯着自己的脚。

这意味着我在看着那块血石。

它就像沙漠里的那块砖头一样，如果凑近了看，是很美的。它崎岖粗糙、高低不平、布满小洞，但不是红色的，目前为止还不是。不，它是灰色的，或者说布满灰色斑点。其间夹杂着绿色，还有一些白色的脉络。我觉得它还有很多孔，就像那块砖头一样多孔。多孔的东西会吸收液体，比如新鲜的血液。假以时日，血液干掉之后就会变成棕色斑点。

彼得依然在看椭圆形的桌子。我意识到，他其实是在看那把枪。他曾告诉我，在审判案件的过程中，这把枪每隔十五分钟就会传给下一个人，如果要对某人开枪的话，参与审判的每个成员都有可能扣动扳机。我也看着那把枪。它不是那种小巧便携的武器，和我那把没子弹的枪不同，它不能轻轻松松地被装进口袋里。它很大，很丑，是用3D打印机制成的塑料手枪。它故意被做得很大，让人可以看清。

我忽然想起彼得说过的阿伦岛的正义。实实在在的后果，绝不隐藏。

可知可感的死亡。

100 跨代议会

过了一会儿，埃丝特说："全体起立。"跨代议会的成员走了进来，在椭圆形的桌子旁就座。祖母今天不能作为议会成员出席，因此只有五个人，他们按照年龄顺序从左到右依次坐下。我之所以知道是按照年龄顺序，是因为他们每个人前面都放着一个三角形的牌子，上面没写名字，只写了他们各自代表的年龄段。代表二十五岁到三十四岁、三十五岁到四十四岁、五十五岁到六十四岁这三个年龄段的都是穿着深色西装的男士，代表四十五岁到五十四岁这个年龄段的是位穿着鲜艳红色外套的女士，涂着亮眼的红色唇膏。他们都是被选出来的议员。而最后一位议员——代表十五岁到二十四岁这个年龄段，我记得彼得说过，是随机选择的，每个案子都会选一位，主要处理那些全日制学生引起的纠纷。

今天，最后那位议员个子很小，瘦而结实，她不停地扯自己的腕带。

是菲诺拉。

101 辩护

我没时间去想为什么菲诺拉会在这里，也没时间去想她为什么会从斯基特比拘留中心释放出来，或者这到底是不是真正的随机。因为红外套女人正在宣布开庭，枪就摆在她面前，似乎该由她开启审判流程。她介绍了罗伯特·宾尼先生之后，审判开始了。宾尼先生是个瘦削暴躁的人，他弓腰驼背地坐在台子下面的桌子边，桌上摆着有三块屏幕的纳米网。

红外套女人说："如果议会成员需要任何法律方面的建议，可以咨询我们的法律专家罗伯特·宾尼先生，不过我觉得今天的案件并无任何复杂之处。"她看了看自己的计划表，"今天的案件是政府与贝恩和麦肯齐之间的纠纷，涉及《驱逐法案》。麦肯齐先生，请起立。"

一时间，我不知道麦肯齐先生是谁，结果发现彼得站了起来。

"请站到血石上，麦肯齐先生。"

于是麦肯齐先生站到了血石上。他显得更高了，比平时高了八厘米或十厘米。这也让他看起来很显眼。

“你是科里海湾的彼得·克莱兰·麦肯齐吗？”红外套女人问。

“是的。”彼得的声音前所未有地轻。

“彼得·麦肯齐，你被指控为同谋犯。今年五月四日，你协助他人将一个身份不明的非法移民带到阿伦岛，违反了《苏格兰大陆及联邦群岛领土移民法案》。你有什么辩解的？”

“我有罪。”彼得说。

“谢谢，坐回去吧。”

彼得坐了回去，然后轮到我。我站在那块血石上——在梦中，所有落到石头上的词都溅出鲜血。

“你是科里海湾的梅丽·安妮·贝恩？”红外套女人问。

“是的。”我回答。确认我自己的身份时，竟然出现了片刻慢时间，我很奢侈地想了一下关于随机的事情。我在想这个女人选择穿红外套究竟有多随机。我在想拉姆拉什法庭十五岁到二十四岁这一年龄段的代表议员是菲诺拉又有多随机，毕竟我偷了她的刀，她有充分的理由憎恨我。但我想人生就是一连串随机的时刻。今天我们聚在这里也是随机的，山上一根小树枝折断的声音让我转身看到一个垂死的人拉着一个孩子的手也是随机的。

“梅丽·安妮·贝恩，你被控在今年五月四日有意将一个身份不明的非法移民带到阿伦岛，违反了《苏格兰大陆及联邦群岛领土移民法案》。你有什么辩解的？”

“我有罪。”我说。当然有罪，如果收留一个小孩是犯罪的话。这是另外一种罪名，一种截然相反的罪名，是锁在城堡塔楼最后一扇门里的罪名。

“坐下吧。”红外套女人说。

我坐了回去。

过程真是太迅速了，简单又直白。

红外套女人又说：“在做出最终判决之前，议会需要花点时间看一下用于减刑的书面材料。”

议会成员表示同意，他们传看环球护照，参考自己面前纳米网屏幕上的文件。他们大概是在阅读祖母帮我和彼得写的东西。他们讨论了很久，久到埃丝特把枪从红外套女人面前挪到代表三十五岁到四十四岁这个年龄段的深色西装男人面前。这个男人让我再次站起来，说：“我们注意到，你环球护照上的临时信用页上什么也没写，是这样吗，贝恩小姐？”

“是的，”我回答，“是这样。”

“为什么呢，贝恩小姐？在你回答之前，我要提醒你，法庭想从你的生命年限中扣除麦肯齐先生受罚的年限。”

我说：“我没写临时信用记录，是因为我不打算活着离开法庭。”

坐在红色坐垫上那些昏昏欲睡的人全都惊醒了，他们倒吸了一口气。

“请解释一下。”深色西装男人说。

我如实说了出来。

“我十五岁了，”我说，“是个可以赠予他人寿命的成年人。在法庭扣除携带非法移民罪的年限之后，我打算将我剩下的全部年限赠送给我弟弟。”我指了指男孩。

法庭里出现一阵骚乱，涌现一股激动之流。显然，是坐在公共座席上的记者引起的。那些人之所以跑到法庭来，很可能只是因为高级议员的孙女要接受审判，这可是大新闻。我觉得他们会这样写标题："血石上首次流血！执行正义！可知可感的死亡！"他们惊叹着，急切地低声交谈着。但对我来说，这些只是无关紧要的噪声，只有两个声音值得我注意。

一个是祖母的声音。尽管她发誓今天不参与审判过程，但还是情不自禁地站了起来。"这样不合法，"她尖锐的声音从法庭前面传来，她想要控制住局面，"被定罪的人居然想把生命年限赠送给非法移民？太荒谬了！"

另一个是彼得的声音，它很轻，很轻，勉强从男孩那边传过来。

彼得说："不行，梅丽。不行。"

102 规章制度

宾尼先生迅速查了一下法律条文。他说：“（如果审判时有需要，应主动提供相关条文进行参考。）法律明文规定，获释重刑犯可以将生命年限赠予他人。”

宾尼先生又补充道：“要等到贝恩小组正式签署法庭下达的《执行注射判决》文书后，她才是‘获释重刑犯’。”

宾尼先生满心欢喜地解释道：“当然，目前为止，适用上述条文的罪犯必须符合《苏格兰大陆及联邦领土居住法案》，拥有本地居住权。”

“此条款贝恩小姐似乎是符合的。”宾尼先生说。

此外，经过审核的居民可以将生命年限送给他们想送的任何人，不管对方是赤道以南、赤道以北，还是赤道中心地区的人。

“这样的情况早有先例，”宾尼先生说，“参照怀特和阿希茨的案例，当时的判决称此举对全球人口数量没有不利影响——”

“好的，好的，”穿深色西装的那个三十五岁到四十四岁年龄段的代表打断了他，“还有什么？”

“还有，”宾尼先生继续说，他显然想精确地引用整个案例，“还有就是，在所有案例中，如果赠予者要送出剩余的全部年限，常规操作是在签署文件前，至少要经过一个十天的‘冷静期’，以防赠予者改变想法。”

“我不会改变想法。”我说。

于是宾尼先生说：“那么只需要确定赠予者是头脑清醒，”他透过眼镜上方看着我，“还是不清醒。”

埃丝特将枪从三十五岁到四十四岁年龄段的深色西装代表面前挪到二十五岁到三十四岁年龄段的深色西装代表面前。

103 我很理智

我可以在法庭上说出很多东西来证明我很理智。

比如说，我可以告诉他们我从妈妈那里学到很多。妈妈说："梅丽，不管发生什么事，你都必须活下去。"没错，我活下去了。我是靠着别人的牺牲活下去的，因此我知道仅仅活下去还不够。活下去不是唯一重要的事情，重要的是你以何种方式活着，你做了什么事情——或没做什么事情——才让自己活着，你冒了什么风险，付出什么代价才让自己活着。这些才是重要的，妈妈，有些时候我做了错误的选择。

非常抱歉，妈妈。

我也可以说难民营的事情。我可以说，祖母是对的，我不可能照顾到难民营里所有的陌生人，或许也不能准确数出防水布下面蜗居着多少人。他们的生活都不是我能控制的。祖母，虽然我觉得很痛苦，但我确实意识到生活中有些事情是你控制不了的。对这些事情，你只能不闻不问。正因为如此，我才觉得处理好自己能控制的事情非常重要。祖母，有一件事情我能控制，那就是怎样处理我的生命。虽然我不能救难民营里的陌生人，但我能救那个男孩。祖母，我决定要救他。

我又想起了爸爸，想起了他这些年教我的东西。做你自己。准确来说，做我自己。我——梅丽·贝恩。而在此前的漫长旅途中，我多次迷失了自己，梅丽·贝恩成了模糊的镜像，我看不清自己的轮廓，但有些时候我还是能看清的。比如，在拘留中心的移民官面前，我转动了自己的枪，即便我当时知道自己没有子弹。那个动作让我想起我是谁，那是我的反抗，表示我拒绝投降。就像你在沙漠中依然是你自己一样，爸爸，你摊开双手，走下吉普车。那表明你有一颗充满希望且宽容大度的心。现在我打算做你会做的事情，爸爸。你教我做人要善良，但我有时候会把它抛之脑后。爸爸，你会救那个男孩，你会把他放在首位。你会说："看看这个孩子，这个无辜的孩子，他值得我给的一切，不是吗？"总而言之，爸爸，如果你不能为我感到骄傲的话，我的生命也就无足轻重了。

最后，还有时间。关于时间我想了很多。如果说我在此时此刻——在血石上的这一刻——拥有所有最为珍贵的东西，那会怎么样？不光是男孩和你，爸爸，还有我在世间见过的全部美好，无论大小。斯佩里小姐的善良，奈克医生的正直，还有彼得的坚定和可靠。如果说我把所有这些美好融入沙漠里的星星、涌着金色波纹的大海以及莱夫查姆溪如瀑布般倾泻的水流，那会怎么样？如果说我将所有这些东西环绕在身边，置于"现在时间"这件明亮的斗篷之下等待着子弹的来临，那会怎么样？

那必定就足够了。

104 我对他们说

但是我觉得法庭上的这些人不理解那些事情。他们不懂爸爸、妈妈、能控制的事情、美和时间，所以我没说那些。我从椅子上站起来，站到血石上，将城堡塔楼最后一扇门的钥匙插进最后一个锁头里。

“很久以前，”我说道，“在另一个国家，有个男孩叫穆罕默德。他比我身边的这个男孩大一些，但也没大多少，大概十岁。他是我们在苏丹的时候我家司机的儿子，我们在苏丹住了七年。起初我不太了解他，后来我们才渐渐熟悉起来。他很有趣，很健谈。他喜欢收集香烟盒，喜欢讲关于驴子的笑话。他懂得很多关于比安树[①]的知识。他告诉我他保持着吐西瓜子的世界纪录。我肯定不需要再向你们重复我祖母那份材料里写过的内容，你们已经知道一年前沙漠检查亭里发生的事情，也可以说是上辈子发生的事情。你们

① 原名为“balanites aegyptiaca”，是一种多刺且常青的野生热带树木，长于非洲的干旱地区，在当地被称为“hijleej tree”。

只需要知道穆罕默德在那个检查亭失去了自己的爸爸，而我失去了爸爸和妈妈。穆罕默德和我确实逃走了，我们一起逃进沙漠深处。有时候秃鹫就停在我们前面的沙丘上，我以为我们会死在那里，不过我们坚持过来了，至少是坚持走到了埃及边界。穆罕默德的祖父住在边界线靠苏丹这一侧的村子里，所以穆罕默德是为了跟爸爸一起去拜访祖父才和我们同行的。我大概知道村子在哪里。如果把他安全送到村里的话，我自己也不会绕很多路。但是我没有那样做，因为我需要穆罕默德和我在一起，因为他懂阿拉伯语，而我不懂，因为我可以通过穆罕默德和那些走私犯交涉，安全穿越边界，到达开罗——我有一张从开罗到英国的机票。于是我骗了穆罕默德。我骗他说我们离村子还很远。我说看边界的这个情况，我们还是先一起进入埃及，然后他再独自返回比较好。我骗他说和我在一起更安全，我可以照顾他。他当时仍然因为爸爸的死而惊恐不已、痛苦万分，所以他相信了我。也许他并不相信我，但他还是跟我走了，可能他还小，习惯了按别人的指示做事。

“我们穿过边界后，就上了走私犯的卡车，向北开了大约一百六十公里后我们再次下车步行。我跟穆罕默德说，这是意料之外的情况，现在车子开得太远，他自己走不回去了。我还跟他说，他有赤道中心地区的文件，所以到开罗之后，找个人陪他一起回去不是问题。我说我会用剩下的钱帮他雇个人。我说这话的时候根本没想过要付钱雇人，因为穆罕默德病了。他一路上都病着，从苏丹开始就在生病。在麦罗埃的金字塔附近，他喝了一个盲人女孩给他的水，结果就开始腹泻。他还被恙螨咬了。恙螨是一种蜘蛛似的小虫，可以钻进你的皮肤里，让你奇痒无比。如果你挠了，伤口就会感染，穆罕默德一直在挠，结果伤口就流脓了。先是他的脚踝受到了感染，然后是他的脚，不久他就走不了路了。他拖慢了我的速度，我担心自己赶不上飞机。这真是讽刺，毕竟我想方设法也没赶上，因为后来我被逮捕，被关进拘留中心——驱逐出境。但是我最后离开穆罕默德的时候还不知道这些事，我把他留在公路边，一个人头也不回地走了。”

故事的最后一部分不是真的。我回头看了，我看到了他的眼神，那眼神向我诉说：“你丢下我走了，是因为我快死了，对吗？”他那时已经说不出话来，只能用眼神这样问道。

但我还是转身走了。

我对法庭里的人说：“所以你们看，我必须把剩下的年限都给这个男孩才公平，因为我害死了另一个人。”

之后是一阵沉默，至少整个法庭是沉默的，而我的脑海中出现了巨大的咔嚓声。是城堡中心的那座塔楼崩塌了，碎裂的砖石落在我周围，发出轰隆声和尖叫声。尽管声音巨大，那些石块却没有立即落下来。它们慢慢地，一块一块地落下。它们处于羁押时间之中，我可以看到它们一一落下，看到它们如何一块一块地击中我。我没有躲开，肯定没有。

我站着不动，最终周围只剩下鲜血和尘土。

105 谁爱谁

议会成员投票了。他们以四比一的比例认定我头脑清醒，反对的一票是菲诺拉投的。我不知道她为什么会觉得我神志不清。我觉得她有什么计划，但猜不到是什么，说不定她想反对我的一切行动。这也算是某种报复吧。

祖母又站了起来。“关于心智方面的判定应该交给心理医生吧？”她说，“必须交由心理医生来认定，不然也得是一名医生！”

“容我提醒您一句，尊敬的高级议员，”年轻一点的深色西装议员说，“今日流程不在您的管辖权内。如果您再打断审判，我就判您藐视法庭，将您驱逐出去。”

祖母很遵守规章制度，于是她坐了下来，而宾尼先生却有话要说。

“很抱歉，这里还有一重障碍，”宾尼先生颇为开心地说，“在这种情况下，赠予的生命年限不能用于延长接受者的生命，只能给予接受者一定时长的居住权，居住权的时长等于赠予者赠送的年限。”

年轻一点的深色西装议员问：“具体是什么意思？”

“就本案情况而言，如果接受者是儿童的话，根据《生命年限协议》，儿童要接受赠予，必须有一位完全民事行为能力人同意抚养他。事实上，此人必须监护该儿童到他成年。”

一片沉默。

我等着。

等着。

等着祖母打破沉默，即便这是在藐视法庭。等着她大声说出来，说她会照顾男孩，会养育他、监护他、带他回科里的家、帮他打开那个小小的行李箱。

年轻一点的深色西装议员问道：“贝恩夫人？”

祖母仍然坐着，嘴巴紧紧地抿着。

这时候，彼得站了起来。

他站到血石上。

“我来照顾他。”彼得说。

彼得看起来一点也不关心男孩。我忽然想到那句话，不到悬崖边，你永远不知道人的本性，不知道他们坠落时会做何反应。

“我会照顾他、抚养他，”彼得说，“我发誓，我会一直照顾他。”

爸爸啊，你肯定会喜欢彼得。

“作为回报，我只请求一件事，”彼得说，“如果法庭允许，请……请不要扣除梅……贝恩小姐的生命年限。请扣除我的生命年限。”

不，彼得的爸爸不出声地张嘴说道。不!

但彼得没看他爸爸。彼得是个成年人，他在看我。他是个好人。他之前听过关于穆罕默德的故事，但还是继续相信我。他想给我第二次机会，但是我不能接受，我承担不起，因为我知道一些彼得不知道的事情。关于燃烧的事情，关于穆罕默德的事情，关于爸爸妈妈的事情，关于每个和我亲近的人的事情。

于是我说：“彼得，如果你把那些年份送给我，我就直接送给男孩。”

对彼得这么说一点也不友好，他的神情说明了这一点。但是看他眼中的痛苦好过之后的燃烧和滑落，因为这是彼得不知道的事情。他不知道我所爱的人都十分痛苦。他们要么被子弹击中胸膛，要么被恙螨咬烂双脚，要么后背被植入电击芯片。他们一个个都燃烧着，燃烧着，而我只能袖手旁观。

“够了，”年轻一点的深色西装议员说，“法庭感谢你主动提出收养这个男孩，麦肯齐先生。但贝恩小姐，他提出更改审判当然不是为了你。他是为了帮助法庭做出判决，这是我们现在要协商的。”

他们协商着。彼得坐着，我坐着，男孩也坐着。

“你能懂吗？”我小声问男孩。

事情很复杂。他才六岁。他看着大家，等待着，仿佛屏住了呼吸。

“彼得想要收养你，你不用被驱逐出境了，你可以返回科里。今晚就回去。他会好好照顾你，”我说得很小声，但是彼得肯定能听见，我希望他能听见，“他还能陪你堆石头。想堆多高就堆多高。”

接着我弯下身子，说了一句自己都没料到的话。

我对男孩说：“我爱你。”

然后我又重复了一遍，看它是否还是事实。

“我爱你。”

还是事实。它没有滑落、消失。

106 谁去谁留

法庭做出了判决。他们说了一大堆话，用了很多法律术语，我只听懂了最重要的部分。由于彼得决定收养那个男孩，所以暂时不扣除他的年限。我要被扣除二十五年（包括减刑），剩下的三十四年可以送给男孩。现在只要签了字，我就能站到血石上去了。他们给了我一支笔。

“我不理解！”彼得朝我喊道，“这样不对！”

不，这样是对的。

“不能在血石这里执行，”祖母说，“合法赠予生命年限不应该直接执行枪决。赠予生命年限应该通过注射来执行！”

她在帮我争取时间。去生命终结诊所要花时间，时间会让你改变主意。

“‘不光要执行正义，还要让人看到执行正义的过程。’这是您经常说的吧，艾琳？”年轻一点的深色西装议员说这话时，那些记者开始敲键盘、写写画画。那人又说：“另外，我希望您不要再打断审判流程，您刚才一直在打乱。埃丝特，你能否请贝恩夫人离开法庭？”

我以为祖母不会离开，但她真的离开了。我觉得这不是因为埃丝特有两个大块头法警帮忙，可能是因为祖母不希望看到接下来发生的事情。也许祖母比平时表现出来的更关心我。

我签了文件。

“你疯了，”彼得喊道，“疯了！不该是这样。”他说得好像我牺牲了自己似的，但是为你爱的人做这种事不算牺牲。

“把麦肯齐先生也带出去吧。”年轻一点的深色西装议员说。

“不！”彼得说。

“走吧。”彼得的父亲说着把他往外拉。

“大家都疯了吗？”彼得说。

彼得的父亲回过头说：“很抱歉，梅丽。”这话听起来很诚恳。他的神情就像陡然落下的百叶窗，我想所有家长对威胁到自己孩子的人都会这样看吧。我还有很多东西要学。

我集中精神想着学习的事情，不去看彼得离开。准确来说是不去听他说话，不过我还是听得见。他忽然大声哽咽着抽泣起来。他很愤怒，大喊大叫，完全不管别人听懂了没有。但是他能挺过去。他会遇到另一个人，肯定会的，他值得更好的。他会找到一个好人，一个善良的人。那个人不会在他燃烧的时候还袖手旁观。

很快，法庭上就只剩下议会成员和几个携带相机的记者。

男孩也还在。

他一动不动。

我有点想叫他出去，但是我又想起他见识过更可怕的事情，因此接下来的情况根本不算什么，说不定还对他有帮助。它可以帮你相信一些事情，让你不再在死人旁边踱来踱去，仿佛他们还活着一样。

所以我什么都没说，其他人也什么都没说。

所有的事情就绪时，枪摆在了菲诺拉面前。

107 菲诺拉的举动

爸爸总说："如果你相信吃肉，那就要做好亲手宰杀动物的准备。"

我想知道这个说法是不是也适用于人类和正义。这是不是意味着，如果你真的相信正义，相信血石，就要做好随时开枪的准备？菲诺拉不是议会的常任成员。菲诺拉只是被随机选出来的，被随机选中来开枪的人。

她在发抖。

法庭上的闲杂人等都出去了，判决下来了，文件也签好了。一切准备就绪。

我站在血石上，比平时高了大约十厘米：站在高处，十分显眼。她离我不到两米远，不可能打歪。 她瞄准了我的心脏。这可能是因为我的胸口面积比我的头部面积大，她不想打歪。

如果她开枪的话。

她手握那把3D打印枪的样子看起来很笨重。那把枪在任何人手里都会显得笨重，但菲诺拉的手腕很纤细，手指紧张地抽搐着。如果她不注意的话，肯定会不小心扣下扳机。她抖得厉害，于是把另一只手也放在塑料枪柄上来稳住自己。她现在双手握枪。人开枪需要多久？在沙漠检查亭里，那个背着子弹袋、紧张不安的年轻士兵花了多长时间才开的枪？

不用多久。

瞬间而已。

“拜托你，开枪！”我喊道。

所有的这些延迟和颤抖都在用力拉扯“现在时间”这件明亮的斗篷。这让我有时间去看一眼那个我去不了的地方，我被禁止进入的地方，因为燃烧而被禁止进入的地方。这件斗篷让我最后看了一眼自己的未来。不只是一种未来，而是各种可能的未来。就在我面前，几乎就在触手可及的地方，那些十分明亮的可能性。那是爸爸的世界！在那个世界里，你可以拉起一个孩子的手，带他去你爱的地方，那里的人会认可他，他们会对他伸出双手说：“欢迎！欢迎到这里来！”在那里，你可以有真正的归属感，有人等着你，有你爱的人，而他们也不会燃烧起来，亲吻也不会在防水布下终止。在那里，亲吻会在开阔的天空下，甜甜的嘴唇相互接触。在那里，我可以说：“我爱你。”某个人——某个人——一定也会这样回应。

我相信这些。

相信这一切。

相信我不是坏人。

菲诺拉是另一个被我毁掉的人。菲诺拉有充分的理由恨我。菲诺拉有权利恨我。但是抖动手指，扣下扳机将是她做出的最残酷的事情。

“求你了。”我恳求道。我从没恳求过谁。

现在轮到我燃烧起来了。

终于，我也开始燃烧起来了。只不过我燃烧是为了活下去。妈妈！爸爸！这是个美丽的世界！

“你到底能不能！”我朝她尖声喊道。

“不能，”她说，“我做不到。”

“是我，”我喊道，“返回者1787，”她肯定已经看过文件了，“在斯基特比的时候，是我拿了你的刀，结果害得你被脱光衣服搜身，还被送去管理局。他们把你自己关进小黑屋，只给你喝水。你没认出我吗？”

“不，”菲诺拉说，“我当然认出了你，所以我不能开枪。”她的手不抖了。忽然间，她看起来没那么瘦小了。她变得很大，越来越大，比祖母还大，比整个法庭还大。她说：“因为那个地方，因为知道了你知道的事情，而且还因为……”她最终放下枪说：“我总在想，要是再活一次，过我们原本该过的生活，我们说不定会成为朋友吧。”

108 最后两分钟

那一刻同时发生了很多事情，所有事情都挤到了一起。一开始是宾尼先生。

宾尼先生对菲诺拉说："这非常不合条例。如果你认识被告，就该事先说出来。认识被告的人不得参与审判，不做声明是严重的犯罪行为。不然你以为高级议员为什么离席？"

他伸手去拿枪。

与此同时，我看到彼得从侧门进来。他现在不哭了，一点也没有。也许彼得只是需要一点点时间来恢复自我。我想起祖母接到入境报告的那个下午，彼得敲响了她的门。他敲门进屋的时候，仿佛不需要得到其他任何人的允许。他现在也是这么做的。他从侧门回到法庭里，就像他突然看到了光，爸爸的光，爸爸的世界，我们那个正确的世界。他会让那个世界成为现实，他会创造出不同的未来，但也许他只是想知道为什么还没开枪。

这时候埃丝特说："不管怎么样，十五岁到二十四岁代表的持枪时间结束，该把枪交给五十五岁到六十四岁代表了。”五十五岁到六十四岁代表是个年老的穿深色西装的男人，他至今还没说话，但现在他说：“给我枪。”

看着菲诺拉的表情，我觉得她肯定很庆幸自己不再拿枪，但是宾尼先生、埃丝特和老年深色西装男人同时去拿枪让她很为难。

我看到祖母也出现在侧门门口，就在彼得旁边。我忍不住想，如果祖母负责此事，这一连串的犹豫和混乱就不会发生。

接着我又想我已经知道结局会是什么样的。祖母会走进来，拿起枪，为她的岛扣动扳机，为了更大的利益扣动扳机，为了比我们自身更重要的事情扣动扳机。我不怪她，因为每个人最终都只能做自己。

但祖母只是站在门口说：“到底怎么了？”

这句话足够触动很多事情，足够触动那把枪。

109 圆洞

我没听见枪响，也没看见子弹。当然是看不见的。比子弹还快的东西不多，可能爱除外，所以我看到了男孩。

我在慢时间中看见了他。

很慢，很慢的时间。

审判台上混乱起来的时候，他动了起来，他在这片混乱之中做出了决定。他仿佛是对这群成年人失去了信心，他仿佛突然明白这一切都和他有关。他受够了。如果他能说话，他会说出来，他会让这一切的胡说八道都停下。但是他不会说话，那些人对他做了这些事，他不会说话了。就算不是眼前这些人，也是一些和他们类似的人。他所能做的只有行动，于是他采取了行动。

他站到了血石上。

我不知道他是如何到我前面来的，但他的头刚好到我心脏的位置，正好是枪所指的地方。他就站在那里，就在我的心脏前面。我忽然意识到这一切和他们无关，只是关系到我们。他和我。我们两个之间的事情比他们所有人都重要。

他站在那里。

站着。

像个小小的巨人。

他仿佛在那里站了一千年。

无声地说着“我爱你”。

我尖叫起来：“不，不，不！”

但尖叫是没用的，子弹飞来的时候尖叫没有任何作用。

它突然飞来，正中男孩的额头。

当然，我立刻把他拖进羁押时间，就和爸爸被击中时一样。我不想让他倒下。他倒下了，但永远没有落地。有那么一刻，我确实定住了他，但他太瘦小，离地面太近，眨眼间他就倒在我的脚边。

他前额的小洞很圆，出人意料地干净。没有多少血，只有一点溅了出来。我看着鲜血渐渐染红那块灰色石灰岩。

110 离开

我把男孩扶起来，抱在怀里。这是我第二次抱他，第一次是他从斯基特比拘留中心的窗户上跳下来被我接住的时候。那时他还很结实、很重。现在他一点都不重了。他轻得像一只鸟。

他那杯子一样深的眼睛依然睁着。我一直都想知道那双深深的眼睛下面藏着什么。但不管藏着什么，我都永远无法知道，因为那里已经空空如也，他的眼睛像蜡烛一样熄灭了。我合上他的眼睑，仿佛这样能让他安息。但我知道他已远在安息之外。安息一向都是人们装出来的。

现在我紧紧地抱着他，看到他前额那个小洞的周围有些烧伤，是一小圈烧伤。我弯下腰亲吻他，亲吻那个伤口。嘴唇碰到烧伤的感觉很粗糙，还有血的味道，和平时一样，血有股铁的味道。

我抱着他走向法庭的门，走向外面的世界。

我身后一片混乱。大家议论纷纷，互相指责。究竟是谁开了枪？是谁的手扣动了扳机？

好像这很重要似的。

所有人一起杀害了他，可又不是他们干的。还有什么需要知道的?

不过他们总算不再关心我和男孩，所以我径直走出去。

祖母不肯为男孩说话，她不会让他进她的家门，也不会真心接受他。我要出门的时候，祖母伸手想拉住我的胳膊，但我的两只胳膊都被占满了。

还有彼得。彼得说："梅丽。"他没有碰我，也没有碰那个男孩。爸爸，总有一天我会感谢彼得，感谢他理解我，感谢他的善良，感谢他主动提出收养这个男孩。我会告诉他这孩子教会了我什么。他教会了我家不仅是一个地点，还是人，是你爱的人，是你不愿意失去的人。

我继续走着。

我走过停车场，来到海滩上，站在天穹之下。周围是绿草和灰色的砂岩，我看着海湾那边，是水魂之岛，是圣岛。太阳正在西沉，但它依然在海面上洒下细碎的金色光芒。

我们家的人从不半途而废，梅丽。

所以我会再次开始。

我还活着，妈妈！爸爸!

爸爸，世界还是那个世界!

哦，爸爸。

后记

我关于环境问题的很多想法都是在和汤姆·伯克的讨论中形成的。我在二十出头的时候就认识了汤姆，当时他是地球之友[①]的董事。现在他领导着一个独立的气候变化智囊团——E3G[②]。这本书中所有关于环境问题的意见、推断和预测当然都是我自己的想法，如果这些想法中有任何可取之处，那要归功于汤姆·伯克。我希望未来地球能变得更美好，成为他期望中的那个世界。

图书馆员也很重要。我非常感谢珍妮特·布鲁克，她是KICS（喀土穆国际社区学校）的图书馆员，也是第一个邀请我去苏丹的人。还要感谢富有远见的教育工作者萨米亚·奥马尔，他是KICS的创始人，非常慷慨地资助我深入沙漠旅行，让我能够置身于沙漠的星星伞之下。

---

① 著名的环境非政府组织之一，旨在保护自然环境，合理利用自然资源。

② “Third Generation Environmentalism”（“第三代环境保护主义”）的简写，旨在加速全球向低碳未来转变。

我也去了英国旅行，走过了梅丽的路线。我要真诚地感谢格拉斯哥的朋友罗伯特·道森–斯科特和伊莱恩·库珀。罗伯特是个绅士，他不会赞同你深夜独自去墓园闲逛。但很抱歉，我确实溜进了墓园里。还要感谢露丝·约翰斯顿，她写了一本非常棒的书——《格拉斯哥墓园：身后事——葬礼的故事》。露丝，我知道你肯定不喜欢我在你们神圣的墓地里支帐篷，但希望（非常希望）这留在了故事里。另外，关于蜘蛛网似的手套，你说得没错……

非常感谢阿伦岛上各位家庭旅馆的房主，他们不光提供了住宿，还非常耐心又热情地回答了我无休止的问题，尤其感谢拉姆拉什的谢莉和科里的弗朗西丝。谢莉带我去参观了拉姆拉什的行政大楼，楼里的婚姻登记处恰好叫作“旧法庭”。弗朗西丝的房子在港口边，她送给我椰子味的金雀花，还借给我一双惠灵顿雨靴，我穿着那双靴子走进她家后面的小溪里。莱夫查姆溪……很抱歉，弗朗西丝，祖母这个角色霸占了你的房子。她就是这样的人。

说回伦敦——阿歇特出版社的人非常热情。谢谢你们，这份罕见的热情鼓舞了我。特别感谢智慧过人的安妮·麦克尼尔。

一如既往地感谢我的经纪人克莱尔·康维尔。没有你，就没有这一切。

最后，我在摩洛哥的沙漠边缘遇到一个小男孩。这孩子一个字都没说过，但是他的笑容永远铭刻在我脑海中。

著作权合同登记号：图字18-2019-269

图书在版编目（CIP）数据

眼睛像杯子的男孩 /（英）妮奇·辛娜（Nicky Singer）著；王爽译 .—长沙：湖南文艺出版社，2020.6

书名原文：The Survival Game
ISBN 978-7-5404-9593-0

Ⅰ . ①眼… Ⅱ. ①妮… ②王… Ⅲ. ①长篇小说—英国—现代 Ⅳ . ①I561.45

中国版本图书馆 CIP 数据核字（2020）第 056571 号

上架建议：畅销·外国文学

YANJING XIANG BEIZI DE NANHAI
眼睛像杯子的男孩

作　　者：［英］妮奇·辛娜
译　　者：王　爽
出 版 人：曾赛丰
责任编辑：刘雪琳
监　　制：吴文娟
策划编辑：万巨红
特约编辑：吕晓如
版权支持：张雪珂　闫　雪
营销编辑：徐　燧
封面设计：梁秋晨
版式设计：李　洁
出　　版：湖南文艺出版社
（长沙市雨花区东二环一段 508 号　邮编：410014）
网　　址：www.hnwy.net
印　　刷：北京天宇万达印刷有限公司
经　　销：新华书店
开　　本：875mm × 1270mm　1/32
字　　数：244 千字
印　　张：10.5
版　　次：2020 年 6 月第 1 版
印　　次：2020 年 6 月第 1 次印刷
书　　号：ISBN 978-7-5404-9593-0
定　　价：49.80 元

若有质量问题，请致电质量监督电话：010-59096394
团购电话：010-59320018